記憶喪失の侯爵様に溺愛されています 4

これは偽りの幸福ですか？

春志乃

ビーズログ文庫

イラスト／一花夜

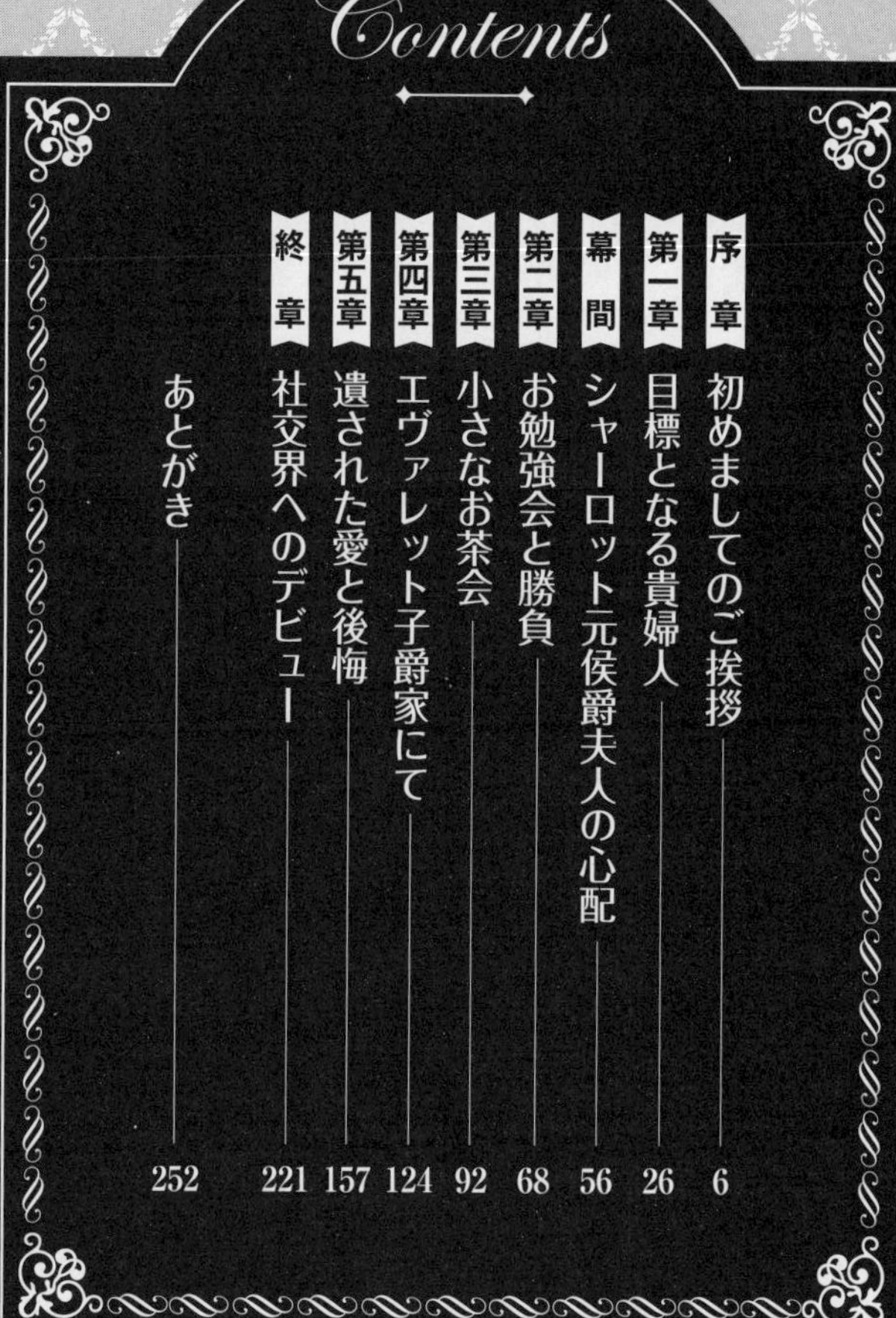

Contents

人物紹介
リリアーナ
元エイトン伯爵令嬢。
訳あって引きこもり
だったのだが、
ウィリアムと政略結婚し……？
ウィリアム
スプリングフィールド侯爵。
王家直属のヴェリテ騎士団の
第一師団・師団長で、王国の英雄。
記憶喪失になり、
リリアーナを溺愛中。

アルフォンス・クレアシオン

クレアシオン王国の
王太子で、
ヴェリテ騎士団の
第一師団・副師団長。
ウィリアムの親友。

フレデリック

ウィリアムの
乳兄弟であり、
専属執事。エルサの夫。

エルサ

リリアーナの専属侍女。
幼馴染のフレデリックと
夫婦である。

セドリック

リリアーナの異母弟。
エイトン伯爵家の
跡取り。

サンドラ（左）
&
マーガレット（右）

リリアーナを虐めていた
継母と異母姉。

クリスティーナ

ウィリアムの妹。
騎士を
目指している。

序章　初めましてのご挨拶

「私は認められませんわ！　あの性悪マーガレットの妹が、お兄様の妻だなんて！」

そう叫んだのは、ウィリアム様の妹であるクリスティーナ様でした。

スプリングフィールド侯爵領から、七年ぶりにウィリアム様のご両親と弟のヒューゴ様が王都へ帰って来ました。それに合わせて普段王都の学院に通い、そちらの寮で過ごしている妹のクリスティーナ様も来て下さり、初めての顔合わせが談話室で行われています。

和気あいあいとしていた談話室に突如、響き渡った言葉は衝撃的で、部屋の中の時間が一瞬止まったかのようにさえ感じました。

「クリスティーナ！　私の妻になんてことを言うんだ！」

「家族になんの相談もなく結婚した相手ではないですか！　それもあのマーガレットの妹だなんて認められるわけがないですわ！」

「クリスティーナ！」

「ウ、ウィリアム様、落ち着いて下さいませ！」

立ち上がり、今にも飛び掛かりそうな勢いのウィリアム様の腕に私は慌ててしがみ付きます。呆気にとられていたお義父様とお義母様もウィリアム様が立ち上がったことで我を取り戻したのか「クリスティーナ！」と声を上げました。

和やかだった空気が、ぴりぴりとしだして、どうしてこんなことになってしまったのでしょう、と私は眉を下げました。

ウィリアム様のご両親が王都に帰って来る、と報されたのは二週間前のことでした。

「お義父様とお義母様が王都に帰って来られるのですか？」

「ああ、それに弟のヒューゴも一緒に。父上たちが帰って来るのが週末だから、クリスティーナも学院が休みの日だし顔を出すと手紙が来たよ」

私――リリアーナは、夫のウィリアム様の言葉をゆっくりと呑み込みます。

私たち夫婦がいるのは、私の寝室のベッドの上です。私はベッドの縁に腰かけ、ウィリアム様はベッドに寝ころんでいます。これまで一緒に眠っていた私の弟のセドリックは、ここにはもういません。悪夢を見ることが随分と減り、「もう大丈夫」と思えたようで、今は自分の部屋で寝ています。

ですが、今もウィリアム様は、私と一緒に寝ると癒されると言って下さって、同じベッドで眠っています。セドリックがいないと、ウィリアム様との距離が近くてとてもドキドキするのですが、やっぱりウィリアム様の腕の中は、世界一、安心できる居場所なのです。結婚して二年、ウィリアム様が記憶喪失になって一年、本当に色々なことがありました。私を苦しめ、私を憎み続けた継母のサンドラ様は、もうこの世にはいません。最後には私を誘拐して、殺そうとまでしてきた彼女は、黒い蠍という犯罪組織の首領の手によって命を散らしました。

あの事件から早くも半年近くが経ちました。

「……私の可愛いリィナ、そんなに不安そうにしなくても大丈夫だ」

ウィリアム様に呼ばれて顔を上げました。青い瞳が心配そうに私を見つめています。

リィナはウィリアム様だけが呼ぶ私の愛称の一つです。

「い、いえあの、急なお話で驚いただけです。お義父様たちとは、季節のご挨拶のお手紙をやり取りするくらいでしたので」

それも形式的なもので、交流と言うのも怪しいものですが。

「両親は、私の婚約破棄の件で自主的に領地にいたんだ。気持ちとしては謹慎のつもりだったんだろう」

ウィリアム様が、言いづらそうに眉を下げました。

ウィリアム様の記憶喪失の原因にもなったロクサリーヌ様との婚約破棄事件については、

私も聞いています。あまりに衝撃的な理由での婚約破棄事件はウィリアム様を始め、この家の方々に今も尚、深い傷跡を残しています。

当時、ウィリアム様の婚約者であった侯爵令嬢のロクサリーヌ様は、ウィリアム様が戦地に赴いている間に他の男性の子を身籠ってしまったのです。国王陛下が間に入った婚約でもあり、あまりの醜聞に表向き、ロクサリーヌ様は病死、一人娘を喪ったご両親は失意の果てに爵位返還となっています。ですが実際は、遠い遠い辺境の地の商家に彼女は嫁ぎ、ご両親もついて行ったそうです。

「これまで何度か、他ならぬ陛下がたまにはこちらに帰って来るようにと言って下さったこともあったんだが……特に父が絶対に頷かなかった。というのも父は、以前は陛下の護衛騎士を務めていてね。陛下が取り成して下さった婚約があんな形で破棄されたことで陛下の顔に泥を塗ってしまった以上、戻れない、と。母もそのことがショックで随分と長いこと寝込んでいたようだから、余計にな」

「お義母様のお加減は、もうよろしいのですか？」

「ああ。私と君が結婚した頃から、徐々に良くなって、今ではすっかり元気だそうだ」

「そうですか。それは良かったです」

ほっと胸を撫で下ろします。私自身もよくベッドの住人になってしまうので、元気が一番だと心から思います。

おいで、とウィリアム様に呼ばれて私はベッドに上がり、ウィリアム様の隣に座ります。

「……父上や母上が結婚式にいなかったのも、これまで帰って来なかったのも、君が気に入らないとかそういう理由ではないからな。……その、君との結婚を私は両親にも、知っての通りアーサーたちにも相談せずに決めた。特に遠い領地にいた父上たちには、結婚式の後の事後報告だった」

「……まあ」

侯爵家の使用人の皆さんにも婚約が後報告だったことは、侍女のエルサから聞いていましたが、まさかご両親まで全て事後報告というのは初耳でした。

結婚するまで弟のセドリック以外と交流のなかった私にとって、ウィリアム様のご両親は雲の上の存在で、季節のご挨拶のお手紙を出すのが精一杯で、用もないのにお手紙を書くことなどできるわけもありませんでした。

それに嫁いできて一年目は、慣れない生活に寝込んでばかりいて、生活そのものに慣れるのに必死でした。慣れてきたと思っていたら、ウィリアム様が記憶喪失になり、更に私は、継母にセドリックと一緒に修道院送りにされそうになったり、誘拐されたり、やはり度々寝込んだりと心身共に忙しく、考える余裕もあまりありませんでした。

「それに母上は、私たちの間にあったことをほとんど知らない。私が多忙で、君が病弱で……だからこそすれ違っていたと思っているんだ。父上には全てを話してあるんだが、母上の具合がまた悪くなったらと思うと、父上は話せなかったらしい」

「そうなのですね……でも、お義父様は、どうして戻られることを決意されたのですか？」

「いや、それが……アルフォンスの提案でな」

アルフォンス様は、ウィリアム様の親友で、この国の王太子殿下でもあります。とても気さくで優しい方です。時折、ウィリアム様に内緒でやって来て、セドリックとお庭で遊んでいたりします。

「帰ってくれれば私たちの幸せそうな姿を見て彼らの傷も癒えるだろうと陛下に進言して、大げさだが『王命』という形で、ようやく頷いてくれたんだ。陛下も王妃殿下も私の両親に会うのをとても楽しみにして下さっているそうだ」

「そうなのですか？　王家の方々に望まれるなんて、流石はウィリアム様のご両親です」

「父と母にしてみれば、女嫌いの息子の結婚はとっくに諦めていただろうから、君という素晴らしいお嫁さんが来てくれたことを本当に喜んでいるんだよ」

「す、素晴らしいなんてそんな……！　私はまだ何もできていなくて……それにエヴァレット子爵家のことも宙ぶらりんのままです……」

誇らしげに言って下さったウィリアム様から逃げるように目を伏せました。お腹の前でぎゅうと両手を握り締めます。

エヴァレット子爵家は、私のお母様の実家です。

先月、ピクニックに行った際、ウィリアム様が先代のエヴァレット子爵、つまり私の祖父母が私に会いたがっていると教えて下さいました。

あれから一カ月近く経ちますが、私は会うとも会わないとも決められないままでした。

「リィナ、君が会いたくなければ会いたくないでもいいんだよ？」

「い、いえ、会いたくないわけではないのですが……自分でも、どうしたらいいか分からなくて……その、私はまだ侯爵夫人としても未熟で、おじい様やおばあ様ががっかりしてしまうやもしれません」

何も決めきれない臆病な自分が情けなくて顔が上げられません。

「では、私の母や妹とまず親睦を深めてみるのはどうだろう？」

「お義母様とクリスティーナ様、と……ですか？」

おずおずと顔を上げると、ウィリアム様は優しく微笑んでいました。

「ああ。母上は侯爵夫人としては君の先輩にあたるわけだから、色々と教えを乞うてみるといい。むしろ、義娘と過ごす理由ができて母も喜ぶよ。それにクリスティーナは、君と同い年だから友人になれるかもしれないだろう？　友人というのは家族とは違う、また格別な存在だよ」

「お、お友だち……！」

なんて素敵な言葉でしょうか。

侍女のエルサは、私が我が儘を言ったので休みの日には友人として接してくれますが、やっぱりどちらかというと年上で頼もしい彼女は、母や姉といった感覚に近いのです。

小説の中でしか知らない「お友だち」という存在は私にとって夢のまた夢でしたが、クリスティーナ様とお友だちになれたらどんなに素敵なことでしょうか。

「お友だち、なれたら嬉しいです。一緒に刺繍とか読書とかして下さるでしょうか？」

私の問いにウィリアム様が「うっ」とたじろぎました。

「お転婆な妹は騎士科に進学したんだ。昔からじっとしているのが苦手でね。それに去年、一度も帰って来なかった理由の一端も騎士科を選んだことにあるんだ」

どういうことかと首を傾げます。

「学院は十五歳までは皆、一般教養を中心に学ぶ。女性は十五歳で卒業する者も多いが、もちろん進学することもできる。実は結婚した当初、クリスティーナが何度か君に会いに行っていいかと私に尋ねてきたのだが、あの頃の私は、妻は病弱だからと断っていた。その後、妹は騎士科へ進学することを決めたから受験勉強や準備に忙しくなって連絡は来なくなっていた。進学後の去年、なんの連絡もなかったのも忙しかったからだろう」

ウィリアム様が遠い目をしています。

「進学先は他にも色々な科があるんだが……この騎士科。すさまじく多忙なんだ。課題の量たるや思い出すだけで身震いする」

「課題？　お家に帰れないくらいなのですか？」

「ああ。騎士になるということは、王家やそれに連なる方々と接する機会だってもちろんある。特に貴族出身の騎士はね。他国に護衛として出向けば、どんなに下っ端であろうとも国の顔の一つになる。だからまずは一年目に徹底的に専門的な語学や知識、教養を学ぶ。訓練も基礎をみっちりしごかれてかなり厳しい。どちらにおいても課題がすさまじい量を出されるんだ。どのみち、これを乗り越えられなければ騎士としては役に立たないから、ある意味で早々に篩にかけられているんだ。二年目になるとそれを乗り越えた自信がつくし、体力も気力も培われているから余裕が出てくるんだけどね。私もあの頃は本当に大変だったよ。でも、何はともあれ、リィナ」

ウィリアム様が体を起こして私の目の前に座ります。

「気負う必要はない。私の家族は、真っ直ぐで優しい人たちだ。きっと君を気に入るよ。その内、私は私の家族と君と過ごす時間を取り合うことになるかもしれないよ？　困ったことに私は、母上とセディには勝てそうにないが」

「まあ。ふふっ」

冗談交じりのウィリアム様の言葉に私は、こらえきれずに笑ってしまいました。ウィリアム様もくすりと笑って、私の額にキスをして下さいます。

　私もお返しにウィリアム様の頬にキスをして、その胸に身を寄せれば、私が望むように力強い腕が私を抱き締めて下さいます。

「緊張しますが、ウィリアム様の家族だと思うと、お会いできるのが楽しみです」

「私も色々と親不孝な息子だったから、愛しい妻と可愛い義弟を紹介できるのが……、貴方たちの息子は幸せになれたのだと両親を安心させられるのが、とても嬉しいよ。一年前なら考えられなかったことだから」

「……ウィリアム様」

　顔を上げれば、ウィリアム様の顔が近づいてきて、目を閉じれば唇に柔らかな温もりが触れました。何度も何度も唇が重なり合って、ドキドキしすぎて心臓が止まりそうになった頃、温もりが離れていきます。

「ふふっ、真っ赤でリンゴみたいだな」

　恥ずかしくて目を閉じると、瞼にちゅっと音を立ててキスが落とされました。

　二人きりで眠るようになってから、眠る前のキスがそれまでのものに比べて随分と長くなって回数も多くなったのですが、私は、まだまだそれに慣れないのです。

　ぎゅうと抱き締められて、そのままウィリアム様が横になり、自然と私も横になります。

「……ウィリアム様」

　もぞもぞと動いて、ウィリアム様に顔を向けます。

「あと二週間ですが、それまでの間に時間のある時でかまいませんので、ご家族のお話を聞かせて下さいますか？　時折、お話しして下さいましたし、エルサやアーサーさんから聞いたこともありますが、ウィリアム様からもっと聞きたいのです」

「もちろん、いくらでも」

嬉しそうに笑ったウィリアム様につられるように私も笑みを零します。お礼を言って、ウィリアム様の胸に額をくっつけるようにすれば、またぎゅうと抱き寄せられました。

ウィリアム様の心臓の音を聞いていると、とても安心します。

「おやすみなさいませ、ウィリアム様」

「おやすみ、私の愛しいリィナ」

あれから二週間、私はウィリアム様からたくさんお話を聞きました。セドリックも同い年の友人はいないので、ヒューゴ様とお友だちになれたら嬉しいと楽しみにしています。
そして、今日、ようやくウィリアム様のご家族との対面です。
馬車の到着の知らせに、私はウィリアム様とセドリックと共にエントランスへ向かいました。使用人の皆さんもずらりと並んで総出で到着を待っていて、圧巻です。

ドキドキしながら、ゆっくりと開かれるドアを前に背筋を正します。

最初に入って来たのは、ウィリアム様にそっくりな男性——間違いなくウィリアム様のお父様です——で、その後に琥珀色の髪の美しい女性——ウィリアム様のお母様——が姿を現しました。

女性は、きょろきょろと辺りを見回し、私と目が合うとぱぁっと顔を輝かせました。

「まあまあまあ！　貴女がリリアーナね？　なんて可愛らしいお嫁さんなのかしら！　手紙なんかじゃこの子の可憐さや清純な色香は表現しきれていなかったわ。あなたもそう思うでしょう？」

ふわりと優しい花の香りがしたかと思ったら、柔らかな腕の中にぎゅうと抱き締められていました。かと思えば、細い両手に頬を包まれて、キラキラした緑の瞳が目の前にありました。

「ああ、本当に。話を聞いて想像していた百倍くらい、美しい娘さんだね」

「母上、父上、リリアーナが困っているでしょう！　せめて談話室に移動して下さい、ここはまだエントランスです！」

そう言うが早いか、ウィリアム様が私とお義母様の間に入ってきて、私を背中に庇うように隠します。勢いに驚いたのか、セドリックが私の後ろに隠れました。

「あら、わたくしったら、嬉しくてはしゃいでしまったわ」

「はしゃぐ君も、少女のようで可愛いよ」

ウィリアム様の陰から覗いた先でお義父様がお義母様の腰を抱き寄せ、こめかみにキスを落としながら言いました。

聞いていた通りの仲の良さに、なんだか私のほうがドキドキしてしまいます。

ほら、行こうとウィリアム様が歩き出し、私たちは談話室へと向かいます。

「そういえば、クリスティーナたちは？　一緒に帰って来るんじゃなかったのですか？」

ウィリアム様がお義父様に尋ねます。

「ああ、別の馬車で学院に迎えをやったんだ。ヒューゴはそっちについて行ってしまってね。だが、もう着くだろう」

お義父様の言葉通り、談話室について向かい合うようにソファに座った時、賑やかな足音がドアの向こうから聞こえてきて、勢いよくドアが開きました。

「お兄様！　ただいま！」

「おかえり、ヒューゴ。大きくなったな」

元気よく飛び込んできたのは、セドリックより少し背の高い男の子でした。どちらかというとお義母様に似ているのか、柔らかい顔立ちの美少年です。

「お父様、お母様！　この人がオレの新しいお姉様⁉　あ！　オレと同じくらいの子もいる！」

ヒューゴ様が私とウィリアム様の間に座るセドリックを見つけ、顔を輝かせます。

「もうヒューゴ、落ち着きのない子ですね。ご挨拶が先ですよ、座りなさい」

「お前は落ち着きをどこに置いてきてしまったんだ？」

お義母様たちが呆れたように笑いながら言いました。ヒューゴ様は「はーい」と元気なお返事をして、お義父様とウィリアム様の間にある二人掛けのソファに座りました。

「ヒューゴ、クリスティーナはどうしたんだい？」

「ここにおりますわ。お義父様」

凛とした声に顔を向ければ、とても綺麗な女性が入り口に立っていました。

琥珀色の髪に緑の瞳。ヒューゴ様と同じくお義母様によく似ていらっしゃいます。

「お父様、お母様、お兄様、ただいま戻りました」

完璧な淑女の礼と共に挨拶をして、ヒューゴ様の隣に腰かけました。

全員が座ったのを見計らい、エルサたちがテーブルに紅茶とお菓子の仕度をしてくれます。エルサたちが下がると改めてお義父様が口火を切りました。

「改めて、私はウィリアムの父、ジェフリーだ。こちらは妻のシャーロット、それで娘のクリスティーナに、末の息子のヒューゴだ」

「は、初めまして。エイトン伯爵オールウィン家から嫁いで参りました、リリアーナと申します。こちらは、私の弟のセドリックと申します」

座ったままお互いに礼を交わします。

顔を上げたお義父様が、申しわけなさそうに眉を下げました。

「なかなか会いにも来ず、不安にさせてしまったかもしれないが、それは私たちの事情で、リリアーナさんに会いたくなかったわけではないとだけ、先に言わせてくれ」

「はい。事情は、ウィリアム様から聞いております。お心遣い、ありがとうございます」

婚約破棄の真相はクリスティーナ様たちには秘密だとウィリアム様に教えていただきましたので、こっそりエルサとアリアナに付き合ってもらった予行練習の通りに返事をしました。

「でも、本当に嬉しいわ。こうして会えたこともだけれど、あのウィリアムがこんなに素敵なお嫁さんを貰うことができたなんて」

お義母様が、心から安堵をその声に滲ませていました。

私と結婚する前のウィリアム様は、婚約破棄事件をきっかけに女性不信の女嫌いだったそうで、侯爵家の皆さんは、ウィリアム様は一生独身に違いないと思っていたそうです。

「私のことは、お母様と呼んでちょうだいね」

「は、はい。お義母様」

私にとってあまりいい思い出のない「おかあさま」という言葉を口にして、こんなにくすぐったい気持ちになったのは初めてでした。

「なんて可愛いのかしら！　これからよろしくね、リリアーナ。セドリックもよろしくね。ヒューゴと仲良くしてくれると嬉しいわ」

「はい。よろしくお願いします」

姉弟揃って返事をすれば、お義母様とお義父様はニコニコと笑ってくれました。

「クリスティーナ、ヒューゴ、お前たちもきちんとお義姉様にご挨拶なさい」

「はい！　リリアーナお義姉様！　オレはヒューゴです！　好きなことは剣術で、好きな勉強は歴史です！　好きな食べ物は、お肉です！　はい、次はお姉様の番だよ！」

「本当に元気だな、ヒューゴ」

とても勢いのある元気な挨拶にウィリアム様が、ははっと声を上げて笑いました。

ヒューゴ様の隣のクリスティーナ様に顔を向けて、私は目を瞬きました。

何故だかクリスティーナ様は、眉間に皺を寄せて私を見ています。

「クリスティーナ？　ご挨拶は？」

お義父様が声を掛けますが、クリスティーナ様は黙ったままです。

「クリスティーナ？　どこか具合が悪」

「どうしてですの⁉」

心配そうにウィリアム様が掛けた声を遮るようにクリスティーナ様が叫びました。隣のヒューゴ様が驚いてソファから落ちました。

「お父様もお母様もどうしてそんなに簡単に認められますの⁉」

「クリスティーナ？」

困惑気味に声を掛けるお義父様を無視して、クリスティーナ様は、私を睨むように振り返りました。

「私は認められませんわ！　あの性悪マーガレットの妹が、お兄様の妻だなんて！」

皆が皆、呆気にとられていた中、真っ先に我を取り戻したのはウィリアム様でした。

「クリスティーナ！　私の妻になんてことを言うんだ！」

「家族になんの相談もなく結婚した相手ではないですか！　それも、よりにもよってあのマーガレット・オールウィンの妹だなんて認められるわけがないですわ！」

「クリスティーナ！」

「ウ、ウィリアム様、落ち着いて下さいませ！」

立ち上がったウィリアム様に私も慌てて立ち上がり、その腕にしがみつきます。セドリックとヒューゴ様が、おろおろしながら二人を交互に見ています。

「クリスティーナ！」

お義母様が眉を吊り上げ、立ち上がりました。お義父様も一拍遅れて立ち上がります。

「お前は、なんてことを言い出すんだ！」

「それはこちらのセリフですわ、お父様！　お父様は、彼女の姉のマーガレットがどれほ

ど性悪か知らないから言えるのですわ！　確かに彼女は外面は良かったですわ。特に男性に対しては！　ですが彼女の本性を知っている者は皆、どれほど性悪か知っています！　それにお兄様だってマーガレットの妹が我が儘で意地悪で、侯爵夫人に相応しくないから、結婚してから二年間も私に会わせて下さらなかった、いえ、会わせられなかったのではなくて⁉」

「はぁ⁉」

「あのマーガレットが、お二人が結婚した際、誰に尋ねられても病弱という情報以外、黙っていた妹について、私にだけわざわざ教えにきたのです！」

　クリスティーナ様は、その時のことを思い出したのか苛立たしげに拳を握り締めます。

「『私の妹をどうぞよろしくね。病弱だからか我が儘がひどくって……私にとってはそれも可愛いのだけれど、甘やかしすぎたかしら。行きすぎて侯爵様に愛想をつかされないか心配だわ』と！」

　言いかねない、と心から私は思ってしまいました。多分、セドリックも同じことを思ったのでしょう、両手で顔を覆って項垂れています。

「いいですか、私は貴女を甘やかしたりなんか絶対にしませんわ！　マーガレットが言うようにいくら貴女が病弱という理由を盾に我が儘を言っても、可哀想だからと甘い顔なんか絶対にしませんわ！」

「クリスティーナ！　お前は何を意味の分からないことを言っているんだ！」

　ウィリアム様が怒鳴るように叫びます。

　私もマーガレット様が私を甘やかすという信じられない言葉に一瞬、何を言われているのか分かりませんでした。

「貴女、一体本当に何を言っているの！」

「初対面でなんと失礼な！」

　ですが、ご両親の剣幕にすぐに我に返ります。

「お、お義母様もお義父様も落ち着いて下さいませっ！　ウィリアム様もです！　エルサ、アーサーさん、フレデリックさん！　助けて下さい！」

　和やかだった談話室の空気は今や一触即発です。

「旦那様！　奥様が怪我をなさったらどうするのですか！　お座り下さいませ！」

「大旦那様、大奥様、ひとまず落ち着いて下さい。セドリック様が驚いておいでです」

「お嬢様もどうぞ淑女の振る舞いを思い出して下さい！」

　私の声に応えてアーサーさんたちが止めに入ってくれます。

　それから、それぞれ別の部屋で頭を冷やしましょうというアーサーさんの提案により、ウィリアム様の家族との初めてのご挨拶は、波乱のまま幕を閉じたのでした。

第一章　目標となる貴婦人

波乱の初顔合わせから早いもので一週間が経ちました。

お義父様とお義母様は、この一週間、とてもお忙しくされていました。

お二人に会うのを心待ちにしていた陛下へのご挨拶に始まって、七年ぶりに王都へ帰って来たのですから、ご友人やご親戚への挨拶にと朝から晩まで出かけていたそうです。

それでもお義父様とお義母様は、波乱の顔合わせの後、私の部屋に来て下さいました。

「娘がすまない」「悪い子ではないの」と恐縮する二人に私も恐縮しっぱなしでした。

ですが、一番、尾を引いているのは他ならぬウィリアム様でした。

「……いいか、リリアーナ。私の妹は、騎士を志すだけはあって、陰険で陰湿な真似はしないし、暴力なんて絶対に振るわないと断言できる。だが、子どもの頃から非常に思い込みが激しいんだ。変なことを言われても気にしないように。今日明日は休みだから帰って来るかもしれないしな」

出勤前のエントランスでウィリアム様は、真剣なお顔で私に言い聞かせます。このお話はもう既にこの一週間で十回以上は聞いています。

「……まさかクリスティーナがマーガレット嬢とそこまで仲が悪いとは知らなかった」

ウィリアム様はため息交じりに言いました。私は一緒にお見送りに来ていたセドリックと顔を見合わせ、苦笑を零します。

そうなのです。私は学院には行けませんでしたし、姉だったマーガレット様とは、そんなお話をしたこともありませんので知る由もありませんでしたが、クリスティーナ様とマーガレット様は、水と油のように相容れず、お互いを蛇蝎のごとく嫌い合っていて、学院内で一度顔を合わせれば、嫌みの応酬が繰り広げられていたそうです。

ですので、ウィリアム様がいきなり「あのマーガレットの妹」と結婚したのを知った時は、かなりショックを受けたようです。

「それに君に会わせなかったことを、あんな風に誤解しているなんて」

ウィリアム様が遂には頭を抱えてしまいました。

以前、ウィリアム様が言っていた通り、結婚した当初、クリスティーナ様から何度か私に会いたいという連絡がきたそうです。あの頃、まだ女嫌いと女性不信をこじらせていたウィリアム様は、当時はただのお飾りの妻だった私に家族を会わせる気はなく、その度に断っていたそうです。

それからクリスティーナ様自身も受験や進学で忙しくなり、ウィリアム様自身も記憶喪失になったので、うっかりできてしまった空白の期間に、クリスティーナ様はどうやら兄は妻に問題があるから会わせたくないのではと思い至ったようなのです。

「エルサ、アリアナ、リリアーナを頼むぞ」

「お任せ下さい」

　背後に控えるエルサとアリアナがしっかりと頷きます。

「ヒューゴは……今日も寝坊か？」

　メイドさんが「はい、まだ寝ています」と教えてくれました。ヒューゴ様は、少々、朝に弱いようでこの一週間、朝のお見送りに間に合ったのは二回だけです。

「セディ、後で起こしに行ってくれ」

「はい。今日は、一緒に裏庭を探検する約束なんです！」

　セドリックが嬉しそうに答えます。

　セドリックは、ヒューゴ様とは既に「親友だよ！」と言い合うほど仲良くなって、毎日、一緒にお勉強をしたり、遊んだりと楽しそうに過ごしています。これまで「リリィ姉様」と私の後について回っていた子なので、少々寂しい気持ちもありますが、それ以上に楽しそうなセドリックに私も幸せです。

「リリアーナ、クリスティーナのことで本当に困ったことがあれば私に言うように。母上でもいい。母上は我が家で一番強いからな。それでは行ってくる」

「はい、行ってらっしゃいませ。どうかお気をつけて」

私は屈んで下さったウィリアム様の頬に少し背伸びをしてキスをします。そうするとウィリアム様から額と頬と唇にキスが返ってきて、一度、ぎゅっと抱き締められます。

人前でキスをするのは恥ずかしいことこの上ないのですが、騎士様のご家庭では当たり前で、奥さんからキスを貰うことは無事に帰って来るためのおまじないだそうです。ですので、恥ずかしいですがここは我慢なのです。

ウィリアム様は、セドリックともキスとハグをして、フレデリックさんと共に今日も颯爽と出かけて行きました。

ウィリアム様の姿が見えなくなるとセドリックは早速「起こしに行ってくる！」とヒューゴ様の部屋へ駆けて行きます。

ヒューゴ様は本邸に部屋がありますが、お義父様とお義母様は敷地内の別邸で生活しています。我が家では爵位を次世代に託した後は、その別邸で過ごすのが通例だそうです。

クリスティーナ様のお部屋も本邸にありますが、普段は学院の寮で過ごされています。ですが週末や放課後に外出届を出せば、門限までは外出できるそうです。また貴族のための学校ですので、社交期には特別休暇が取れるそうです。先日の初顔合わせの日もクリスティーナ様は休暇を取って帰って来て下さいました。

「……ウィリアム様ったら心配性ですね」

「それだけ奥様が大切だということでございますよ」

「愛されてますね、奥様！」

部屋へと戻りながらぽつりと零した私の呟きにエルサとアリアナが笑顔で答えてくれます。最近、アリアナのことも「さん」を付けずに呼べるようになったのです。

「そう、でしょうか。いえ、そうですね。心配されるのはくすぐったいですが、嬉しいものですね」

私は、胸元で光るウィリアム様から頂いた彼の瞳と同じ色のサファイアと薬指の薔薇の指輪をそっと撫でました。これはウィリアム様からの愛の証です。

「うっ、今日も私の奥様がお可愛らしい……っ」

今日もエルサは元気です。

階段を上りきって、ふうと息をつき、私の部屋のほうを振り返ると部屋の前にメイド服の女性が立っていました。女性もこちらに気付いて振り返ります。どことなくエルサに似ているような気がします。

「奥様、紹介がまだでしたね。私の母のイリスです。大奥様の侍女を務めております」

「まあ、エルサのお母様だったのですね。似ていると思ったのです」

エルサはお母様によく似ています。少し厳しい印象のある女性ですが、その眼差しはとても優しい色をしています。

「初めまして、奥様。私は、シャーロット大奥様の侍女を務めております、イリスと申します。いつも娘のエルサがお世話になっております」

「いえ、エルサにお世話になっているのは私です。エルサがいなかったら生きていけませんもの」

　嘘偽りない本心ですので、そのまま言葉にするとイリスさんは、ぱちぱちと目を瞬かせ、後ろでエルサが「奥様、私も奥様がいないと生きていけません！」と言ってくれました。

　イリスさんは「光栄でございます」と微笑むと「お伝えしたいことがございます」とすぐに表情を戻しました。自然と私の背筋も伸びます。

「大奥様が、奥様と是非、お話をしたいとお望みです。本日、十時のお茶の時間に温室はいかがでしょうか？」

「お義母様が……」

　鳩尾に伸びそうになった左手を右手で押さえて、微笑みを返します。

「分かりました。喜んでお伺いいたしますとお伝え下さい」

「かしこまりました。それでは失礼いたします」

　イリスさんは、すっと頭を下げると去って行きました。

「奥様、大丈夫ですか？」

　エルサには本当に隠し事ができません。彼女は、私が「おかあさま」からの呼び出しが苦手だと知っています。

「お義母様は、私のことを歓迎して下さっていましたもの、大丈夫です。それに何より……優しいウィリアム様のお母様ですから」

エルサは私の言葉に少し驚いたような顔をした後、なんだかとても嬉しそうな表情で頷きました。

「ええ、もちろんです。大奥様は、心優しい素敵な貴婦人です。さあ、奥様、折角ですからおめかしいたしましょう？」

「そうですよ、うんと着飾りましょう！」

アリアナがぐっと拳を握り締めます。

「ふふっ、二人に任せておけば安心です」

私が笑うと二人も、にこっと輝く笑顔を返してくれました。

春の花が咲き乱れるお庭をエルサとアリアナと共に温室を目指して歩いて行きます。

エルサとアリアナと一緒に選んだのは、繊細なレースが可愛い淡い黄色のドレスです。もとは無地でしたが、スクエアネックの胸元には、黄緑やピンク、淡い水色の糸で草花の刺繍を入れました。お気に入りの一着です。

髪もいつもよりおしゃれな編み込み入りのハーフアップにして、ガウェイン様から頂いたオレンジ色のリボンを飾りました。

ガウェイン様は、フックスベルガー公爵位を賜っている国王陛下の甥にあたる方です。亡くなられた奥様を今も深く愛していて、その奥様の遺品であるストールのシミを隠すための刺繍を依頼されてから、仲良くさせていただいております。

一緒に誘拐され、私を庇ったガウェイン様は毒によって一時は命が危なかったのですが、冬の間この侯爵家で療養し、春の訪れと共に公爵家に戻られました。

ですが、私を本当の娘のように可愛がって下さるガウェイン様は週に一度は遊びに来て下さいます。その時、こうしてリボンやお菓子をくれるのです。

恐れ多くもガウェイン様に「プライベートの時はお父様と呼んでくれ。生きる気力が湧くから」とお願いされて、侯爵家で会う時は「お父様」と呼ばせていただいております。私は実の父とは冷えきった関係でしたので、実はとても、嬉しいのです。

サンドラ様が計画し、黒い蠍によって実行された私とガウェイン様の誘拐事件は、世間を賑わせましたが、私やセドリックの名誉を守るために世間には、『エイトン伯爵家は、英雄であるスプリングフィールド侯爵を殺すために利用された』と報じられました。

もともと、借金の返済のために領地に行く予定だった父は、事件による心身の疲労の療養のためと公表され、サンドラ様の死は、離縁後、不幸にも病によって命を落としたことに。表では妹想いの姉だったマーガレット様は両親の離縁によって急に平民になったことにウィリアム様が心を痛め、友を想うアルフォンス王太子殿下が良い縁談を用意したということになっています。セドリックのことは、優秀な伯爵家の後継ぎをウィリアム様が引き取ったことに。

我が家も、お義父様以外はこの事件をそう認知しているとウィリアム様は言っていました。

セドリックは、母親の病死の報せに「そっか」と一言零しただけでした。

嘘と真実がほどよく混じっているそれに、私はいつもなんとも言えない気持ちになるのです。自分でもよく分からないのですが、サンドラ様が亡くなられた時の気持ちに少し似ているような気もします。

「奥様、準備はよろしいですか？」

入り口の前に立ち、エルサが尋ねてきます。物思いに耽っていた私は一度、深呼吸をして頷くとアリアナがガラス戸を開けてくれました。

春も真っ盛りの温室は一年で最も鮮やかに彩られているような気がします。

お義母様は、温室の中央に用意されたテーブルセットのソファに座っていましたが、私を見つけるとぱっと笑みを浮かべてくれました。華やかで周囲も明るくなるような素敵な笑顔に自然と私の肩の力も抜けていきます。

「お義母様、お招きありがとうございます」

「こちらこそ来てくれてありがとう。貴女のためにお菓子をいっぱい用意したのよ。さあ、どうぞ座って」

お義母様の言葉通り、テーブルの上にはたくさんのお菓子が並んでいました。ケーキにパイ、タルト、クッキーにシュークリーム、マカロンにマフィンと本当にたくさんです。

お義母様の向かいに置かれたソファに座るとイリスさんがティーカップを私の前に置いてくれました。その中を覗き込んで目を瞬きます。

「まあ……！」

白いカップの中には、ウィリアム様の瞳と同じ鮮やかなブルーのお茶が入っていました。

「ふふっ、驚いたでしょう？　南国のほうで飲まれているハーブティーなのよ。この色と同じ綺麗な青いお花で作るハーブティーなの。飲んでみてちょうだい」

「い、いただきます」

色からして味の想像が全くつきません。おそるおそる口にすると、思いがけないほど淡白でほのかに豆のような風味を感じるだけでした。

「ふふっ、ほとんど味がしないでしょう？　でもおすすめの飲み方があるのよ」

お義母様がそう言うとイリスさんが「失礼します」と私が置いたカップに蜂蜜をスプーン一杯、そしてミルクポットに入れられた何かをお茶に注ぎました。

すると深い青だったハーブティーが夜明けのような紫色へと変化したのです。

「まあ、エルサ、アリアナ、見て下さい。魔法みたいです……！」

思わず振り返るとエルサとアリアナも「すごいですね」と感心していました。

「このハーブティーはね、レモン果汁を入れると色が変化するのよ。喜んでもらえて何よりだわ」

そう言ってお義母様は、同じく紫色に変化したハーブティーを優雅な仕草で口へと運びます。お義母様のそれは気品があって優雅で、本当に素敵です。

「リリアーナ、改めて本当にごめんなさいね。クリスティーナのこと」

カップを置いたお義母様が申しわけなさそうに切り出しました。

私は慌てて首を横に振ります。

「いえ、お義母様が謝られるようなことでは……」

「でも、驚いたでしょう？」

お義母様が首を傾げます。優しい緑の眼差しに、私はそっと胸の前で両手を握り締め、おずおずと言葉を紡ぎます。

「……私は、嫌われてしまっているのでしょうか？　その、嫌われることには慣れているつもりでしたが、他ならないウィリアム様の妹様ですから、仲良くなりたかったのです」

「リリアーナ……」

お義母様は立ち上がると私の隣にやってきました。二人掛けのソファなので、お義母様が隣に座れるように少し移動します。

「わたくしは、陛下の恩情で王都に戻ることが決まってから、アーサーに貴女のことをたくさん手紙で教えてもらいました。それまでは聞くに聞けなかったのです。王都へ戻ることのできない身では、知れば知るだけ会いたくて、辛くなるだろうと」

お義母様の手が私の膝に添えられます。

「あの子は、まだ貴女の良いところも、悪いところも何一つ知らないの。それに一度思い込むと自分が納得するまではなかなか考えを変えない子なのよ。噂というものが嫌いなあの子は、ある意味で真っ直ぐなのだけれど、貴族令嬢としてはねぇ。噂だってわたくしたちには大事な武器になるのよ。流行り廃りも知られるけれど、自分自身の噂もね」

お義母様がため息交じりに零されます。

「自分自身の噂、ですか？」

「ええ。貴女に関する噂だってもちろん世間には色々とあるのよ」

私の噂と聞いて、不安になります。

「結婚前の貴女のことは、エイトン伯爵の前妻の忘れ形見で病弱ということしか、わたくしも含めて、多くの人々は知らなかった。貴女のご家族がそれしか情報を出さなかったというのもあって、十五年間、誰も見たことのないご令嬢だったのに、それがいきなり国の英雄に見初められて妻になる。これってまるで物語のようだと思わない？　とても現実的な話ではないわ。それこそ奇跡みたいな話よ」

確かに客観的に見れば、劇的な物語のようですし、思い返してみれば私も父から結婚を知らされた時は、夢か冗談かと思いました。

「すると人々は色々な想像をするの。きっと女神のように美しく、英雄の悲しみを癒す人じゃないか、といったポジティブなものから、女嫌いの英雄が周りを牽制するために架空の令嬢を妻に娶り、本当はオールウィン家の次女なんて存在していないのではないかというミステリーチックなもの。中には貴女があまりに人前に出てこないから、人前に出られないほど醜くて性格が悪いなんて失礼なもの。本当に多種多様の噂が貴女に関しては出回っているわ。でも最後の噂は、貴女が孤児院に出向くようになってからは聞かないそうよ」

「そ、そんなにたくさんの噂が……」

「でも、クリスティーナに限っては、マーガレット嬢に直接言われたことが原因ね」

「お姉様に、ですか？」

「ええ。ほら、さっきも言ったけれど貴女の情報はご家族からしか得られなかった。それも前妻の子と病弱の二点だけ。伯爵家の使用人は口が堅くて有名だったわ。……蛇蝎のごとく忌み嫌い合う相手であっても、マーガレット嬢は、ある意味、リリアーナ・オールウィンを知っている数少ない人間で、その人間の言うことだからこそあの子は、信じてしまったのかもしれないわ。でも自分の目で確かめたくて、兄に貴女に会いたいと再三申し入れたのに断られて、更には、当時は貴女たち夫婦の不仲説もあったでしょう？　だから余計にマーガレット嬢の言葉が、この二年の間にあの子の中で真実味を増してしまったんじゃないかとわたくしは推測しているの。なんだったかしら、我が儘な妹というとんでもない話だったわね」

「な、なんだか、すみません……」

だんだんと申しわけなくなってきてしまいました。私にもっと存在感があって、そもそももっとしっかりしていれば、クリスティーナ様の心配やお義母様のご心労を増やすこともなかったような気がします。

「あらあら、謝らないで。怒っているわけじゃないのよ。ただね、今回のことを糧に貴族社会を知ってほしいのよ」

「貴族社会を？」

「ええ。噂というものは、生き物だと思いなさい。だから、社交をすることで様々な噂を仕入れるのは、本当に重要なこと。そうしないと今回のクリスティーナのように馬鹿な誤解をして相手に失礼を働く場合だってあるのよ。ちょっと外に目を向ければ、貴女が孤児院に自ら手掛けた手芸品をたくさん寄付して、手ずから焼いたお菓子を手に慰問する心優しい夫人だというのは、すぐに知られたはずですもの」

お義母様は、そこで言葉を切って優しく微笑みました。

「噂は参考になるけれど、同時に信じすぎてもいけないの。だって実物の貴女は、とっても純粋(じゅんすい)で可愛らしいわ。それにあのウィリアムが、貴女の隣であんなに幸せそうに笑っていて、わたくし……本当に嬉しかったのよ」

お義母様の目元が僅(わず)かに潤(うる)みます。けれど、瞬(まばた)きを一つして明るい笑みを浮かべました。

「貴女のことを何も知らないからクリスティーナは、認められないのよ。貴女のことを知れば、きっと貴女を好きになるわ」

「……そう、だといいです」

「大丈夫よ。まだ会ったのだって一回きりだもの。一回で諦(あきら)めちゃダメよ」

優しい手が私の手を包み込みました。ウィリアム様の手よりずっと細くて柔(やわ)らかいのに、その温かさは同じでした。

「はい、お義母様。私、仲良くなれるように頑張(がんば)ります」

「ええ、その意気です。でも、意地悪されたら言いなさいね、怒ってあげますから」

そう言ってお義母様は、ぱちりとウィンクをしました。

優しくて温かくて、私は安心して泣きたくなるような不思議な気持ちになりました。ですが、いきなり泣いたらお義母様が困ってしまいます。その気持ちを誤魔化(ごまか)すように私は、ひそかに疑問に思っていたことを聞いてみようと口を開きます。

「あの、お義母様、一つ、お尋ねしたいことがあるのです」

お義母様は、お茶を飲みながら「なぁに？」と首を傾げます。

「その、お恥ずかしい話ですが、私は両親とマーガレット姉様とはあまり上手くいっていなかったのです。……だから継母だったサンドラ様や姉様は、私の悪口を吹聴していたのかな、と思っていたのですが……クリスティーナ様は、姉様がクリスティーナ様以外には、誰にも私のことを話さなかったと。本当なのでしょうか」

「……そうね、貴女の立場を知っておくのも大事だわ」

「はい」

「貴女の悪口をね、エイトン伯爵家の人間は言えるわけがなかったのよ」

お義母様は複雑な表情を浮かべて、そう告げました。どういう意味か分からずに首を傾げます。

「十八年前、貴女のお父上が起こした騒動――愛人問題ね――これは、エイトン伯爵家の存亡に関わるほどのことだったの。人は悲劇を好むでしょう？　貴女のお母様であるカトリーヌ様は、人望の厚い方だったから若くして亡くなった悲劇の伯爵夫人に同情する人が大勢いたの。一方でサンドラ夫人は、まだまだ歴史の浅い男爵家のご出身で、愛人の娘。そもそもエイトン伯爵家とは釣り合っていない。それにあまり女性に好かれない方だったから余計に、カトリーヌ様や貴女に同情が集まってエイトン伯爵家は一時、社交界で孤立していたのよ」

そう言ってお義母様は、またお茶をひと口飲んで口の中を潤します。

「そんな雰囲気の社交界の中で、貴女たちの悪口を言ったらどうなると思う？」

「……………ますます立場が悪くなると思います」

少し悩んでから答えると、お義母様は「その通りよ」と頷きました。

「サンドラ夫人は、こう言っていたわ。『前妻の忘れ形見。自分が恥を知らぬばかりに、夫への愛を忘れられぬばかりにカトリーヌ様には顔向けできないことをしてしまった。だから、せめて前妻の忘れ形見であるリリアーナを大切にしたい。けれど、母親に似て病弱なあの子はベッドから碌に出られずなんと可哀想なことかしら』と。むしろ、それしか言えないのよ。それにカトリーヌ様の実家であるエヴァレット子爵家は、子爵位ながら王の覚えもめでたい家よ。完全に敵に回すのだけは避けたかったのでしょうね」

そういえば、前にウィリアム様からもサンドラ様が社交の場で「病弱で外に出も出られぬ娘が哀れだ」と言っていたと聞いたことがあったのを思い出しました。

「マーガレット嬢も母親からきつく言われていたと思うし、伯爵家の事情を知らない貴族の子女のほうが少ないのだから、下手なことを言えば自分も孤立すると分かっていたのでしょう。聞くところによると母親同様、女性には好かれない方だったらしいわ。だから賢明にも貴女のことは口にしなかった。でも、貴女と義理の姉妹になったクリスティーナには、仲が悪いのもあって黙っていられなかったのでしょう」

「とても腑に落ちました。ありがとうございます、お義母様」

「その辺の噂については、わたくしも探りを入れておくわね。……そういえば、ウィリアムから聞いたのだけれど」

ふとお話が途切れた瞬間を見計らうようにお義母様が言いました。

「貴女のお母様のご実家のエヴァレット子爵家から会いたいと言われているそうね。でも迷っていると……どうしてか聞いてもいいかしら？」

私を振り返る緑の眼差しから逃げるように目を伏せました。

「……私は、体が弱くて十五年間、外に出ることもなく過ごしておりました。こちらへ嫁いで来てからも一年は寝込んでばかりで。外出も孤児院や騎士団に数回、訪れただけです。……その上、社交デビューもまだで、侯爵夫人としてなんの責務も果たせていない私に会いたいと言って下さるおじい様とおばあ様に申しわけない気が、して……」

不意に頬に触れた手に肩が跳ねてしまいました。けれど、お義母様は、そのまま私を上に向かせます。

「リリアーナ。大丈夫、誰だって最初は何もできないの。わたくしも様々なことを母や夫のお義母様から教わりました。だから今度はわたくしが、貴女に教える番なのです」

「お義母様が……私に？」

「ええ。貴女のお母様に代わってわたくしが教えます。でもね、リリアーナ。最初にこれだけは言っておくけれど、決して焦らなくていいの。最初から何でもできるような人間はいないの。わたくしも色々な失敗をしたものよ。でも目の前のことを一つずつ丁寧にこなしていけば、それで大丈夫なの」

お義母様がにっこりと微笑んで、私の頬を撫でました。

真っ暗だった目の前に一筋の光が確かに見えました。

ウィリアム様のために立派な侯爵夫人になりたいと思っても、どうしたらいいかが分からなかったのです。ウィリアム様は男性ですから、女性の社交とは全く別物です。本で勉強しようにも、人に聞こうにも、限度がありました。

「よろしくお願いいたします、お義母様。私、ウィリアム様のために立派な侯爵夫人になりたいのです」

私は、頬に添えられたお義母様の手を両手で握り締めて言いました。

「息子のために、ありがとう。そうね、何か目標があるといいわ……そうだ。今月末くらいにわたくしがお茶会を開きます。場所はこの侯爵家よ。そこに貴女のおじい様とおばあ様をお呼びするのはどう？　いきなり家に行くのは緊張するけれど、我が家なら貴女も安心でしょう？　それでお茶会の開き方も同時に学んでいきましょう。ご令嬢は、最初は母親の開くお茶会に参加して、まずは場に慣れるのよ」

「はい、頑張ります、お義母様！」

俄然、やる気が湧いてきました。明確な目標ができると、こんなにも心持ちが違うのだと私も驚きです。

「ふふっ、なら早速、明日はドレスを仕立てに行きましょうね」

「えっ」

固まる私を他所にお義母様は、明日の予定を立て始めました。何故かエルサとアリアナが、とっても乗り気で「新進気鋭の素晴らしいデザイナー様がいるのです」「旦那様のご学友で」とお店まで提案しています。

結局、私は「明日はおでかけね」と楽しそうに笑うお義母様に「はい」と頷くことしかできなかったのでした。

「どれも似合うから迷うわぁ」
「大奥様、奥様にはこちらの淡いピンクもお似合いになると思います」
「お待ち下さい、こちらのライラック色も上品で」
「奥様！　このレース、本当に素敵ですよ！」

お義母様、イリスさん、エルサにアリアナが、たくさん用意された中から次から次へと楽しそうに生地やレース、リボンを見つけて、椅子に座る私の下に持ってきます。

おっとりしているのにお義母様の行動力はすごく、宣言通り昨日の今日でウィリアム様に許可を取り、護衛の近衛騎士様を派遣していただき、私はドレスを作りに来ています。

一緒に来ていたセドリックとヒューゴ様は、早々に飽きて、近くの本屋さんへ行ってしまいました。もちろん、護衛の近衛騎士様と、心配性のウィリアム様が付けて下さったフレデリックさんが一緒です。

「リリアーナ様は、可憐で清楚で、本人の美しさが何よりの輝きですので、こういった品のある可愛らしいデザインのドレスが似合うと思いますわ」

そう言ってマリエッタ様が広げたスケッチブックをお義母様たちが覗き込み、あーでもないこーでもないと相談し始めます。

マリエッタ様は、本名をマリオという男性でウィリアム様の親友のお一人です。ドレスやリボンといった綺麗で可愛いものが好きな彼は、デザイナーのお仕事中は女性の格好をしています。もともとは騎士様でしたが怪我を機に幼い頃から好きだった服飾の道を選び、兄のラルフさんと一緒にこの「シルク」というお店を営んでいます。

「大奥様、そろそろ休憩のお時間です」

リボンを吟味していたエルサが部屋の時計を見て言いました。私も時計を振り返ると、ここへ到着して既に二時間が経っていました。

「あら、リリアーナを休ませないと怒られちゃうわ。リリアーナ、休憩にしましょう」

「廊下の突き当たりにキッチンがあるからどうぞ使って。お湯も沸かしてあるはずだから」

マリエッタ様の言葉にエルサがお礼を言い、アリアナと共に部屋を出て行きます。私たちはイリスさんが仕度してくれたテーブルセットのほうへ移動し、ソファに腰を落ち着けます。

ふかふかのソファに身を沈めると、勝手に「ふぅ」と息が漏れてしまいました。

「リリアーナ、大丈夫？　ごめんなさい、わたくしったらはしゃいでしまったわ」

「い、いえ、大丈夫です。初めてなので、少し緊張していただけです」

眉を下げたお義母様に私は慌てて首を横に振りました。

「でも、具合が悪くなったらすぐに言ってちょうだいね。ドレスより貴女のほうが何倍も大事なんだから」

「……ありがとうございます、お義母様」

心配されているのに嬉しいなんて不謹慎かもしれませんが、胸がぽっと温かくなります。

「でも、あのお義母様……一体、何着作るのでしょうか？」

私の数え間違いでなければ、既に三着はマリエッタ様に頼んでいたはずです。

「……私、そんなにたくさんは……」

「リリアーナ、わたくしたちは、富を持つ貴族です」

お義母様がきっぱりと言い切りました。

「だからこそ、お金を使うべき時には使う必要があるのです。このドレスを構成する生地、糸、ボタン、リボンなど、それぞれが誰かの手によって作られています。ドレスという形になってわたくしが身に纏うまでに、本当にたくさんの人々が関わっているのです。わたくしが、このドレスを買うことでその人々がお金を得て、家族を養い、生きていけるのです。持つ者は、持たぬ者に与えることも、義務なのですよ」

目から鱗が落ちるとはこのことだと、身をもって体感しました。

「もちろん領民の皆が納めてくれる税ですから、無駄遣いはいけません。ですが、わたくしたちがドレスを買えば、職人たちは小麦が買える。すると小麦を作った農民たちがお金を得て、日用品を買える。全く関係のないもののように見えて、本当は色々なところで繋がっているのです」

「お義母様、とても、とても勉強になります！」

私は、感動にドキドキする胸を押さえます。

これまで、私は私の実家が作った借金ばかり気にして、お金を極力使わないように心がけていました。ですが、私は、何ができなくても貴族なのですから、お義母様のようにこの国で暮らす人々のことを考えるべきだったのです。

「私、これまでウィリアム様がドレスを作ろうという度に、申しわけなくて断ってばかりいました。ウィリアム様は、貴族として経済を動かそうとしていたのですね……」

「……いや、それはリリアーナ様を自分好みに着飾りたかっただけだと思いますけどね」

「マリエッタ様？」

傍にいたマリエッタ様が何か呟いたような気がしましたが、聞き取れずに首を傾げました。マリエッタ様は「なんでもないですわ」と笑いました。

「あ、あの、お義母様」

首を傾げて「なぁに？」と微笑むお義母様に私は、意を決して想いを伝えます。

「私、お義母様のような立派な貴婦人に、最終的には侯爵夫人になりたいです。目標にさせていただいても、よろしい、で、しょうか……？」

だんだんと尻すぼみになってしまい、そっとお義母様の顔を窺います。ぽかんとしていたお義母様は、ぱぁっと華やかな笑みを浮かべると立ち上がり、私を抱き締めました。

「なんて可愛いのかしら、わたくしの娘は！」

何故か視界の端っこで戻ってきたエルサが「そうでしょうとも！」と言わんばかりの顔で頷いています。

「もちろんよ、リリアーナ。でも、貴女は貴女らしく。わたくしは、貴女の繊細な優しさが大好きですもの」

「ありがとうございます、お義母様」

おずおずと背中に腕を回すと、ますますぎゅうっとされました。やっぱりなんだかくすぐったい気持ちになります。

「ウィリアムは本当にいいお嫁さんを貰ったわぁ。ねえイリス、そう思うでしょう？」

「ええ、大奥様」

イリスさんが僅かに表情を緩めて頷きました。

「リリアーナ、この後はわたくしのドレスを一緒に見立ててちょうだいね」

「はい、お義母様」

お義母様に抱き締められたまま私は頷きます。

「ふふっ、私、娘とドレスを選ぶのも夢だったのよ。クリスティーナは、やっぱりドレスより乗馬服のほうが好きで付き合ってくれないんだもの……そういえば、昨日今日と学院は休みだけど帰って来るのかしら、あの子」

昨日、午後には帰って来て下さるかもしれない、是非お話をと身構えていたのですが、クリスティーナ様は帰って来ませんでした。

「お嬢様は真面目な方でございますから、きっと学生の身である自分のすべきことを終わらせてから帰ろうと考えているのではないでしょうか」

イリスさんの言葉にお義母様は「かもしれないわね」と返事をして、私から離れ、椅子に座り直しました。

そして、その後は休憩をしてお義母様のドレスを二着、私のドレスをもう二着注文してから、本屋さんに弟たちを迎えに行って、帰路へと着いたのでした。

「楽しかったわ、今度はアクセサリーを見に行きましょうね。家に呼んでもいいのだけれど、お出かけするのも楽しいもの」

にこにことご機嫌なお義母様と共に馬車を降りて、エントランスへと入ります。

「あれ？　お姉様！」

先に入ったヒューゴ様が声を上げました。

エントランスの中央、お出迎えの使用人の皆様を背にクリスティーナ様が立っていました。今日は乗馬服を着ていますが、スタイルが良いのでとてもよく似合っておいでです。

「あら、クリスティーナ、帰ったのね？　おかえりなさい」

お義母様の言葉にクリスティーナ様は「ただいま戻りました」と挨拶を返します。私もお義母様の隣に立って、慌てて「おかえりなさいませ」と挨拶をしました。

「……ただいま戻りました」

クリスティーナ様がお返事をして下さいました。私は嬉しくなってエルサを振り返るとエルサは「良かったですね」と頷いてくれました。

「リリアーナ嬢」

「は、はい」

急に呼ばれて背筋を伸ばします。

「この一週間、私は色々考えました。ですが、やはりあの性悪マーガレットの妹である貴女を簡単には認められません」

「クリスティーナ」

お義母様が諌めるように名前を呼びますが、クリスティーナ様の緑色の瞳はじっと私だけを見つめています。

「私もこのルーサーフォード家の娘、悪しき者から家を護る義務があると考えておりますが、同時に私は誇り高き騎士の家系の娘……ですので」

そこで言葉を切ったクリスティーナ様に、私はごくり、と唾を飲み込みます。

「リリアーナ嬢、私は貴女に正々堂々、勝負を挑みますわ！」

広いエントランスにクリスティーナ様の凛とした声が響き渡りました。

お義母様は開いた口が塞がらなくなっていて、エルサとイリスさんは親子でそっくりな（目が笑っていない）笑みを浮かべ、フレデリックさんとアーサーさんは珍しく額に手を当てて項垂れていました。荷物を持ったままのアリアナがおろおろしています。

「クリス、ティーナ……？」

地を這うようなお義母様の声にクリスティーナ様の肩が跳ねました。

私は慌ててお義母様に「お待ち下さい」と声を掛けて、深呼吸をしてからクリスティーナ様の前に立ちました。今日も身に着けていたネックレスを握り締めながら、目の前の彼女の目を見ます。

「私は、ウィリアム様を心から愛しております。ですので、そ、その勝負、お受けします！」

エルサが「奥様⁉」と聞いたことのないような声を上げました。

「あ、あの、クリスティーナ様！」

不意にセドリックが私を庇うように、クリスティーナ様との間に入ってきました。

「僕はリリィ姉様の意思を尊重します。ですが僕の姉様は、お体が強くありません。ですので、勝負するにもどうか、剣を握らせるような真似だけはやめて下さい！　も、もしその必要があれば、僕が代わりに相手をします！」

「セ、セドリック……っ」

私を庇う小さな背中に感動で涙が出そうです。

クリスティーナ様は、ぱちりと目を瞬かせた後、ふっと小さく笑ったように見えました。

「大丈夫、私は騎士を目指す者ですわ。同じ道を志す者ならともかく、か弱い女性に剣を持たせるような真似はしません。勝負の内容は、室内でできるものをいくつか考えています。数回、様々な勝負をして勝った回数が多いほうが最終的に勝ちとします」

　セドリックが、ほっと胸を撫で下ろしました。私は抱き締めたいのをぐっとこらえて、小さな肩に手を添えました。

　ウィリアム様の言う通り、クリスティーナ様は誠実で真面目な方です。だから、マーガレット様に睨まれるのと違って、怖くないのかもしれません。

「そういうわけで、リリアーナ嬢、私の都合で申しわけないですが帰って来られる日には連絡を入れますので、その日には勝負をしてもよろしいかしら？」

「はい、もちろんです」

　クリスティーナ様は満足げに頷くと固まるお義母様に「まだすべきことがありますので」と言って、学院へ戻って行かれました。

「姉様、僕は姉様の味方だよ。頑張ってね。あ、でも無理だけはしないでね」

「ありがとう、セディ。私の小さな騎士様」

　私は、今度こそ、セドリックを抱き締めて額にキスをしました。

　そして、まだ固まったままのお義母様やエルサを振り返り、ぐっと拳を握り締めました。

「お義母様、エルサ、皆さん、私、勝って認めていただきますので見ていて下さいね！」

　私の宣言に数秒遅れてエルサが「奥様！」と悲鳴のように叫んだのでした。

幕間　シャーロット元侯爵夫人の心配

本邸の薄暗い廊下をイリスの持つ燭台の灯りに照らされ歩いて行く。

わたくしの息子の下に嫁いできたリリアーナは、驚くほど美しい娘だった。先代のエヴァレット子爵夫人、つまりあの子の祖母にとてもよく似ている。

「……でも、何かが引っ掛かるのよね」

一緒に過ごしたのは、まだ三日ほどだ。昨日は、わたくしのお転婆娘がリリアーナに勝負を持ち掛け、リリアーナも受けてしまったので、本当に驚いた。

「おどおどしているけれど、変なところで強い子だわ。でも……」

やはり何かが引っ掛かる。

リリアーナは、本当に良い娘だ。

気配りを忘れず、穏やかで優しい。弟のセドリックを見つめる眼差しは、母親のように慈しみに溢れているし、何よりウィリアムを心から愛しているのが分かる。

だが、どこかいつも自信がない。

病弱でひきこもりがちだったから、貴族としての自信がないとリリアーナは言うのだけれど、それ以前に何かを抱えているようにわたくしには見えるのだ。

それは彼女の弟のセドリックにも言える。

先代のエイトン伯爵にそっくりなあの子は、姉と同じく優しく、穏やかな良い子だ。言動の端々に賢さがにじみ出ていて、ウィリアムがより良い教育のために後見人となり、我が家に引き取ったのも納得できる。ヒューゴにはその落ち着きを見習ってほしいと思えるほど。だけど、やはりセドリックにもまたどこか影がある。

それに、ドレスを作りに出かける前にどんなドレスやアクセサリーがあるのか確認しにリリアーナの部屋に訪れた時、壁紙や家具がわたくしが使っていた時のままだった。

普通、結婚する際に家具や壁紙、絨毯は新しく女主人となる人の好みを考慮したものに一新されるはずなのに。もちろん、どれも良い品であるし、使用人が手入れを怠らないでいてくれるのでみすぼらしいなんてことはないが。

更にドレスも最低限の枚数で、宝飾品に至っては、ウィリアムから貰ったというネックレスと婚約指輪しか持っていなかった。

エイトン伯爵家は由緒ある貴族の家系で彼女の母親は同じく由緒あるエヴァレット子爵家のご令嬢だったのだから、その母から受け継いだものや、嫁入りの時に持たされたものがないことが異常だ。

それにあの子の継母であり、昨年、離縁して間もなく病で亡くなったサンドラ夫人は、あまり良い噂のない夫人だった。

「絶っ対に何か隠しているわ」

そもそも息子のウィリアムは、婚約破棄事件後、酷い女性不信に陥り、女嫌いをこじらせていた。きっかけがきっかけだけに、わたくしも夫のジェフリーも何も言えなかった。それにわたくしは、あまりのショックに随分と長いこと寝込んでいて、何をしてあげることも結局、できなかった。

だから、結婚はしないのだろうと思っていた。家も下の息子のヒューゴが継げばいい、と。だが、ウィリアムはいきなり、本当になんの前触れもなく結婚した。

わたくしもリリアーナの存在は知っていた。前妻の喪も明けきらぬ内に愛人と結婚したエイトン伯爵は悪い意味で有名だったからだ。とはいえ、そのご令嬢と結婚したと、結婚式後に手紙が届いたのだ。婚約から結婚式まで僅か二カ月のありえない早さの結婚。わたくしもジェフリーも婚約破棄事件以上に驚いたものだった。

だというのに結婚後、聞こえてくる噂は、スプリングフィールド侯爵夫妻は不仲、離縁寸前、偽装結婚ではというものばかりだった。中には、結婚したはいいが侯爵は病で急逝した元婚約者を忘れられないのでは、という噂まで出たほどだ。

だが、昨年の夏、ウィリアムが過労で倒れてから夫婦として過ごす内、その仲は一気に深まり、今のような幸せの形に収まったらしい。

ウィリアムは自分が多忙であったこと、リリアーナが寝込むことが多かったこと、故にすれ違っていたのだと言っていたが、絶対に何かある。これはわたくしの母としての勘だ。

ジェフリーとウィリアムは、まだ本邸の書斎で仕事をしているはずだ。イリスが偵察済みで、リリアーナたちは既に寝室に下がっている。

コンコンとイリスがノックをし、断られる前に開けるように言ってあるので、躊躇いなくドアを開けた。

「アーサー？　何か……母上⁉」

「シャーロット？　どうかしたのか？　こんな時間に」

山のような書類が積み上がったデスクを挟んで、二人はそれぞれ書類を手に議論をしていたようだった。

「リリアーナは？」

「まだ仕事が残っていたので先に寝てもらいましたが、何か用でしたか？」

念のために確認するとウィリアムが首を傾げた。わたくしは、イリスに目で合図を送ると彼女は、一礼し部屋を出て行った。廊下で見張りも兼ねて待っていてくれるだろう。

夫と息子が全く同じ顔で首を傾げている。

「前提として、わたくしはリリアーナを非常に気に入っております。気立てが良く、優しく穏やかで、本当に良い娘です」

「そうですか。リリアーナも、母上とのことを嬉しそうに話してくれますよ。目に見える形で目標ができたからか、生き生きしています。ありがとうございます、母上」

蕩けそうな笑みを浮かべてウィリアムが言った。

本当に幸せなのね、と納得しそうになって、首を横に振る。

「……わたくしに、何か隠していることがあるでしょう」

疑問ではなく断定の形で問いかければ、息子と夫はあからさまに目を逸らした。

「伯爵家に起こった事件はわたくしも知っています。わたくしも元とはいえ騎士の妻。もちろん秘密にしなければならないことは、秘密のままでかまいません。ですが、これからリリアーナが社交界に出るにあたって、わたくしが無知のせいであの子を護れないことは断じてあってはならない。そうでしょう？」

ウィリアムがジェフリーを見上げると、ジェフリーは、少し迷ってから頷いた。

「……長い話になります。座って話しましょう」

ウィリアムに促され、ソファに移動し、夫と並んで座る。ウィリアムは、向かいの席に一人で腰かけた。フレデリックは、お茶の仕度だけするとまたすぐに出て行った。

少しの間を置いてウィリアムはぽつぽつと、婚約から結婚、そして、仲良くなった本当の理由——記憶喪失とは予想外だったが——を話してくれた。

そして、リリアーナの生い立ちや、伯爵家の内情も。

それを聞き終えた時、わたくしは、リリアーナの笑顔を思い出して涙が止まらなかった。同時にクリスティーナの話をした時、「嫌われていることには慣れている」と告げたリリアーナのことも。

リリアーナがくれたハンカチに顔を埋めて、涙を止めようとするのに上手くいかない。

「……シャーロット、ウィリアムに黙っているように言ったのは私だ。本当のことを知れば君がショックを受けるだろう、と。それでまた君が倒れては私の心臓が持たなかった」

ジェフリーが泣き続けるわたくしの肩を抱き寄せる。

「母上、私は本当に……リリアーナにとって最低の夫だった。自分の心の傷ばかり気にして、彼女を省みることもしなかった。それでも記憶喪失になった私を、リリアーナは心から心配し、労わり、傍にいて支えてくれた。そんな彼女だから、私は信じることができた。……愛することもできるようになった。だから、今、私は本当に幸せです」

ハンカチから僅かに顔を上げれば、ウィリアムは嘘偽りなく言葉通り、幸せそうに笑っていた。

「今まで母上たちの帰還を提案される度、私もそれとなく断っていました。父上の気持ちも分かりますから。でも今回、アルフォンスが『今こそ帰って来てもらうべきだ』と私に言ったのです。リリアーナが、私たち家族を再び繋いでくれるだろう、と。それにリリアーナは、私のために社交界に出ることを望んでいました。男の私では教えられることに限度がある。使用人も然りです。母親のいない彼女にとって、母上がどうしても必要だった。だから私は今回、陛下の『王命』に反対しませんでした」

「……リリアーナは、社交のことは気にするけれど、わたくしたち貴族の女が最も果たすべき責務……子どものことに関しては絶対に何も言わないわ。……ウィリアム、そのことでもあの子に何か言ったのでしょう」

わたくしは顔を上げて、息子を睨みつけた。

ウィリアムは酷い後悔をその顔に浮かべて、静かに頷いた。

「……初夜の晩、主寝室で私を待っていた彼女に『私は君との間に子どもを作る気はない。侯爵位は弟に継がせる』と言いました」

「……なんと、馬鹿なことを……っ」

リリアーナは、決して無知な娘ではない。良い教育は受けておらずとも、七歳までは家庭教師がついていた彼女は貴族としての最低限の知識はあったはずだ。

「リリアーナと私は今も彼女の寝室で寝ています。セドリックは事件後暫く精神的に不安定で、彼女の寝室で三人で寝ていたんです。でももう大丈夫だと一人で寝ることになった時、リリアーナは当たり前のように私とは別々で寝るのだと思っていて、それを私が説得して……夫婦の寝室へ、主寝室へ誘おうとしました」

ウィリアムがそこで言葉を切って、くしゃりと髪をかき上げた。

「……リリアーナは、主寝室のドアに私が手を掛けた時、足を止めました。振り返ると……彼女は真っ青になって震えていて……でも、どうして自分がそうなっているか分からないようでした。私は咄嗟に『忘れ物を取りに行くだけだから、君の寝室で待っていて』と……リリアーナは、心から安心したように頷いて、自分の寝室へ下がりました。私は、リリアーナが笑ってくれていることに、私を愛してくれていることに浮かれて、彼女を深く傷つけて、あの広い主寝室のベッドに置き去りにしたことを、忘れていたんです」

ウィリアムは、自嘲を浮かべた唇を隠すように、乱暴な手つきで冷めきった紅茶を一気に飲んだ。

「彼女は今も私との間に子どもは設けず、ヒューゴが後を継ぐと考えているのでしょう」

そして、長々と息を吐き出し、今度は真っ直ぐにわたくしたちを見つめる。

「もし、今回のお茶会で問題がなければ、社交期の終わりに開かれる王家の舞踏会で彼女を社交界へデビューさせるつもりです」

クレアシオン王国では、四月から六月が社交期だ。そして、四月の頭と六月の終わりに王家主催の舞踏会が、社交期の開始と終了の意味を持って開かれる。

四月の舞踏会は、『始まりの舞踏会』と言われ、その年に十五歳の成人を迎える者、または十五歳以上の未婚の貴族令嬢がデビューを飾る。

六月の舞踏会は、『終わりの舞踏会』と言われ、十五歳以上の既婚の令嬢がデビューを飾る場所となっているのだ。その年に結婚した貴族の夫婦もお披露目を兼ねて出席する。いわゆる結婚報告をメインとした舞踏会だ。

というのもこの国で多くの貴族の結婚式が執り行われるのが三月で、四月以降は気候も良いので新婚旅行に行く夫婦が多いのだ。

「……デビューをすれば、結婚して二年が経つのに子どもがいないと口さがないことを言われるでしょう。だから、茶会が終わって、子爵家のことやクリスティーナの件も片付いたら、デビュー前に私から改めて子どもの話はしたいと思っています。身勝手なお願いだと分かっていますが、父上も母上も、どうか今はまだ彼女に子どもの話はしないで下さい」

ジェフリーが「ああ」と頷き、わたくしを振り返る。

「ウィリアム。……貴方自身は、子どもについてはどう考えているの？　……わたくしは、幸運なことに結婚して間もなく貴方を授かって、そして何より貴方は男だった。貴方が無事に産まれて男だったと知った時、わたくしは心の底から安堵したのよ。背中の重荷のほとんどがなくなったとさえ感じたわ」

「愛するリリアーナとの子どもなら、もちろん欲しいです。でも……リリアーナは、嘘偽りなく体が強くありません。今も季節の変わり目には寝込みますし、少し無理をすれば倒れます。ですが、モーガン先生は、時間をかければ大丈夫だと言ってくれています」

「時間？」

「リリアーナは、我が家に来て少しずつですが体力をつけ、健康になってきました。あと三年もすれば、寝込む回数も減って、もっと体力もつくだろうというのがモーガン先生の診断です。だから、私はその時を待ちたいとリリアーナに伝えるつもりです。たとえ三年後に無理だったとしても、私には彼女が傍にいてくれることのほうが重要なのだと伝えたい。彼女の心に傷を負わせた私が、言葉にするべきだと、そう考えています」

夫と同じ息子の青い瞳は、どこまでも真っ直ぐだった。

護るべきものを得た眼差しには、全てを拒絶していたあの頃の面影はない。

「……分かりました。ウィリアムの好きなようになさい」

「ありがとうございます。それともう一つだけ、母上にお伝えしたいことが」

「貴方、他に何をやらかしているの？　本当によく離縁されなかったわね」

「ち、違います」

慌てたようにウィリアムが首を横に振った。自分から伝えたいことがあると言ったのに、ウィリアムは言いよどんで、ちらりとジェフリーを見た。

ジェフリーは息子が何を言いたいのか知っているのか、一つ頷くと廊下へ出て行った。

二人きりになった書斎は、驚くほど静かだ。

「……リリアーナは、七歳の頃、父親と出かけた際に暴漢に襲われたんです」

思いがけない告白にわたくしは息を呑む。

「その時、鳩尾から腰の左側へ掛けて、斬りつけられて謎の薬品を掛けられました。大きな、それこそ私の手を広げたよりも大きな傷跡が残っています」

掛ける言葉が見つからず、わたくしは力なく首を横に振った。

「彼女は女性ですから、それをとても気にしていて、不安になると鳩尾に手を添える癖があるんです。このことを知っているのは主治医のモーガン、私とエルサ、最近になってアリアナにも教えたと言っていました。そして、事件解決に協力してくれたアルフォンスとマリオだけです。マリオがマリエッタと同一人物だとは話したでしょう？」

リリアーナのその癖には、覚えがあった。この数日で何度か見ている。

「母上は女性ですから、例えば私が入れない場所でもリリアーナの傍にいられる。マリオは、リリアーナの傷を知っているので服を作る際に気を使ってくれますが、他のデザイナーはそうはいきません。エルサが傍にいますが、使用人である彼女だけは心許ない時もあるでしょう。だからその時は、知らぬふりをして助けてあげてほしいのです」

「その傷は、今も痛むの？」

「皮膚の感覚がないので痛まないと言っていました。……本当にあの家で十五年、あんな傷を負いながらよく生きていてくれたと、私は度々思うのです」

ウィリアムは、今にも泣きだしそうに眉を下げた。

「……母上、私だって全力でリリアーナを護っていくと、神と剣と彼女に誓いました。でも、男の私では入れない世界があるのも事実。彼女が社交界で一人で立つ強さを手に入れるまでは、せめて、傍にいてくれませんか？　そして、閨の教育もいずれは母上に頼みたいのです。今のリリアーナは、本当にキス以外は何も知らないでしょうから」

ウィリアムが立ち上がる。

「母上にしか、頼めないのです。どうかお願いします」

深々と下げられた頭にわたくしは、込み上げそうになるものをぐっと呑み込んだ。

「もちろんです。リリアーナは、わたくしの二人目の娘になったのですから。……ウィリアム、もし今後、あの子を泣かせるようなことがあれば、わたくしは、あの子を連れて実家に帰ります。……こんなにも不誠実で馬鹿な息子を見捨てずにいて、そして、わたくしの大事な息子を幸せにしてくれた恩人への最大限の敬意です」

ウィリアムがゆっくりと顔を上げ「母上」と小さく呟いた。

「……でも経緯はどうあれ、幸せな結婚をしたのね、ウィリアム」

微笑んだわたくしに、ウィリアムは「はい」と心から幸せそうに頷いたのだった。

第二章　お勉強会と勝負

「わたくしも長いこと王都を離れていたから一緒に勉強させてね」

そう告げるお義母様も一緒に、今日はアーサーさんを教師に据えたお勉強会です。図書室で姿絵と共に、有力貴族やウィリアム様の仕事に関係のある方、親戚などをおさらいしています。

お義母様がお茶会を開いて、私の母方の祖父母を招待しましょうと提案して下さってから、早いもので一週間が経ちました。お義母様から色々なことを教わる日々です。

まずはお茶会の開き方を一から学んでいます。

どういう目的で、誰を呼ぶのか、テーブルに飾るお花やクロス、紅茶の種類やお菓子の選び方、招待状の書き方に、ホストとしての心得。本当にお勉強することがいっぱいです。

でもお義母様はこうも言ってくれました。

『貴女が社交の場で、まずするべきことは、挨拶をきちんとすること。そして、当面は聞き役に徹すること。聞き役に徹することで相手がどんな話題を好むのか、或いは、こうやって話せばいいのかと色々な勉強になるのよ』

私は、自分の話をするより、人の話を聞くほうが好きなので、その言葉は気負いすぎていた私の心を随分と軽くしてくれました。

「そういえば、今日、クリスティーナ様が帰って来るそうです。今朝、勝負を挑みに参りますとお手紙を頂きました」

「まあ……あの子ったら本当にまだそんなことを……リリアーナ、断っていいのよ？」

休憩の合間に話題に出すとお義母様は、今朝のウィリアム様と全く同じことを言いました。社交期は王都への人の出入りが激しいので、ウィリアム様はとてもお忙しくしておられますが、夜はどんなに遅くなってきても帰って来て下さいます。

「いえ、クリスティーナ様と勝負できるのが、実は少し楽しみなのです。こんな私にクリスティーナ様は真正面から向き合って下さっていますから」

サンドラ様やマーガレット様は、いつだって私を見下していました。

でも、クリスティーナ様は、私を認められないと言いつつも、私個人のことはきちんと人として尊重して下さっているのが分かります。そうでなければ、敏感なセドリックがまた私をウィリアム様の衣装部屋に隠そうとしていたでしょう。

「あの子ったらまた服を脱ぎ捨てて……！」

ふと窓の外を見たお義母様が眉を吊り上げました。視線の先を追えば、何故かヒューゴ様はシャツにズボンというとてもラフな格好で庭を走り回っています。セドリックが、彼の脱いだジャケットやベストを抱えて一生懸命、ですが楽しそうに追いかけていました。

「遅くにできた子だからわたくしも自由にさせすぎたのね。領地はとても自然が豊かなところだからか、野性味溢れる子に育ってしまったのよ」

「いえ、元気が一番です。それにヒューゴ様は、きちんとした場所では必要な振る舞いができますし、優しい方です。セドリックがあまりにもヒューゴ様のお話ばかりをするものですから、ウィリアム様がヤキモチを妬くほどなのですよ」

「そうなの？　どっちも困った息子だわ」

くすくすと笑い合い、和やかな空気に包まれます。

「ただいま戻りましたわ！」

凛とした声に顔を向ければ、乗馬服姿のクリスティーナ様が入り口に立っていました。

「おかえりなさい。ですがクリス、ま・ず・は、着替えてらっしゃい。いいですね？」

「は、はい、お母様！」

クリスティーナ様が顔を蒼くして、自室へ行かれました。

ウィリアム様の言う通り、お義母様は本当にお強いのかもしれません。私も見習わなくてはいけません。

間もなくクリスティーナ様は、白と紺色のドレスに着替えて戻って来ました。

「リリアーナ嬢」

　クリスティーナ様が勝ち誇ったように笑っています。

「貴女、お母様たちに取り入って早々にドレスを何着も誂えたそうですわね。あのマーガレットの妹であるという本性を早速出してきたのですわね！」

「い、いえ、あの」

　気のせいでなければ、お義母様と背後のエルサから冷気のようなものが漂ってきている気がするのです。

「マーガレットは常々新しいドレスを仕立てただの、流行りの髪飾りを買ってもらっただの、そんなことばかり言っていましたわ。勉学を疎かにし、しょっちゅう学院を休んでは茶会ばかりにかまけていて、よく卒業できたものだと、いっそ感心してしまったものです！」

　正直、マーガレット様のそのお姿はありありと浮かびます。

「あの方、貴女も自分と同じ性分だと常々言っていました。我が儘はともかく、お兄様の妻として勉学を疎かにするのはいかがなものでしょう」

「お嬢様、お言葉ですが、」

　黙ったまま成り行きを見守っていたアーサーさんが口を開きました。

「僭越ながらこの二年近く、私が奥様の家庭教師をしてまいりました。奥様は大変、優秀な方ですので、既に学院中途卒業程度の勉学は終えております。現在は侯爵夫人として必要な知識を主に勉強されておいでです」

中途卒業とは成人である十五歳で卒業することです。

「……そうなんですの？」

クリスティーナ様が私を振り返ります。

「は、はい。学力のことは今初めて知りましたが、勉強は頑張ってきたつもりです。アーサーさんは、何でも知っている素晴らしい先生なので、教わるのは楽しいのです」

「ええ、私の奥様は毎日、毎日、コツコツとお勉強を頑張っております」

エルサがにっこりと笑いました。ですが目が笑っていないような気がしてなりません。

「で、でしたら今日は、その成果を見せていただきますわ！」

そう言ってクリスティーナ様は、私たちが勉強をしていたテーブルを見渡して「今日はこれで勝負をしましょう」と姿絵の束を指差しました。私とお義母様は首を傾げます。

「今からアーサーにこの姿絵の中から二十枚、選んでもらいます。それでこちらの紙にそれがどこの誰かを記入するのです」

何も書かれていない紙が私の前に置かれました。

「正解が多いほうの勝ちですわ。シンプルで分かりやすいでしょう？」

「はい。それなら私にもできそうです！」

セドリックが止めてくれたとはいえ、何かしら体を使うことだったらどうしようかと少しだけ心配だったので、ほっとしました。

「アーサー、悪いけれど娘たちに付き合ってくれるかしら？」

お義母様が声を掛けるとアーサーさんは頷いて、「ではお二人に見えぬところで選んでまいります」と姿絵の束と共に本棚の向こうへ移動しました。アーサーさんが戻って来る前にテーブルの上は片付けられて、お義母様は私たちの後ろのテーブルに。私とクリスティーナ様は、お互いの答えが見えないように離れて座りました。

「では、お二人とも準備がよろしければ始めます。名前と爵位、平民の方は商会名や職業をお答え下さい。一枚につき解答時間は三十秒。よろしいですか？」

私とクリスティーナ様が頷くと、アーサーさんは「……では、一枚目」と姿絵の束の一番上を取り、掲げました。

私は羽根ペンを走らせ、答えを書いていきます。懐中時計を手に時間を計るエルサの「次」という声にまた新たな姿絵が掲げられます。

貴族名鑑と併せて、この姿絵の勉強は、私の事情をエルサが知って侯爵家の使用人の皆さんに受け入れられた頃からずっとしてきたことです。最近は月に一度の頻度でしたが、一生懸命教えて下さったアーサーさんに応えるべく、私は羽根ペンを走らせました。

隣からもカリカリと迷いのないペンの音が聞こえて来て、負けないようにと気合が入ります。

そして最後の姿絵の答えを書き終わり、私たちは羽根ペンを置きました。

「それでは答え合わせをさせていただきます」

アーサーさんが解答用紙を回収し、答え合わせが完了するのをドキドキしながら待ちます。分からない問題はありませんでしたが、スペルミスが心配です。

「では発表します。まず、奥様。たいへんよく勉強されましたね、満点でございます」

「まあ！」

私は赤いインクで丸がたくさんつけられた答案用紙を受け取ります。

「そして、クリスティーナお嬢様、二十問中十九問、正解でございました」

「うぐっ」

クリスティーナ様が何かが潰れたような声を出してテーブルに突っ伏しました。

「十八問目、奥様、該当者のお名前のお答えを」

「は、はい。十八問目は、ウィリアム様の母方のはとこの奥様で、ジャクリーヌ様です」

「正解でございます！　流石、私の奥様です！」

エルサがぱちぱちと拍手をしてくれ、アリアナも拍手をくれました。頑張った成果がこうして目に見えるというのは、こんなにも嬉しいものだとは知りませんでした。

「クリスティーナ、リリアーナに何か言うことはなくて？」

お義母様がにっこりと笑いながら首を傾げました。

　クリスティーナ様が勢いよく立ち上がり、私を振り返りました。私は思わず背筋を伸ばします。

「今回は明らかな私の勉強不足、負けは潔く認めます。ですが、まだ貴女が親戚その他を覚えていると分かっただけですわ！　次はまた違う形で貴女の実力を確かめさせていただきます。お兄様の妻だと名乗るには、ありとあらゆる分野に精通していなければなりません。そう、ロクサリーヌお姉様のような完璧な淑女でなければ！」

　拳を握り締めクリスティーナ様は高らかに宣言しました。

「そういうわけでリリアーナ嬢、また近い内に勝負を挑みに参ります！　学院に戻りますわよ！　すぐに仕度を！」

「はい、お嬢様！」

　呆気にとられる私たちを置いてきぼりにして、クリスティーナ様は嵐のように去って行かれました。

「……はぁ」

　額に手を当ててお義母様が項垂れます。私は答案用紙を置いて立ち上がり、傍に駆け寄ります。

「お義母様、大丈夫ですか？　エルサ、お水か何かを」

「はい、こちらに」

優秀なエルサは、すぐにお水を差し出してくれました。お礼を言って、お義母様に渡すとお義母様は、一気に半分ほど飲んで、また深く息をつきました。

「……ごめんなさい。当時のあの子はまだ十歳足らずでロクサリーヌが何をしたのか知らないのよ。世間同様、突然病死したと思っているの」

「そのことはウィリアム様から直接聞いておりますから、私は大丈夫です」

「……でもきっと、そのことをいまだにつついてくる嫌な方もいるわ。当時、ウィリアムは、結婚間近で突然病死してしまったロクサリーヌを想っていると言われていたし、あの子は結婚したくないばかりにその噂を放置していたから」

「私は、今のウィリアム様のお心の在り処を知っておりますし、もちろん婚約破棄に関する真実も。ですからロクサリーヌ様の件に関してだけは誰に何を言われても、ウィリアム様を信じます。……ロクサリーヌ様は、ウィリアム様を酷い形で裏切り、傷つけました。ですから、ウィリアム様を絶対に裏切らないと決めている私には、恐れるべき存在ではないのです」

お義母様は、少しだけ微笑んでくれました。

「ありがとう、リリアーナ。ウィリアムは、本当に素晴らしい人をお嫁さんに貰えたのね」

心からお義母様がそう言って下さっているのが伝わってきて、なんだか照れくさくなります。

「……でも、わたくしや貴女と違ってクリスティーナは何も知らないのだから仕方がないことなのよね。当時のクリスティーナにしてみれば、十九歳のロクサリーヌは立派で完璧なレディに見えていたのでしょうから」

お義母様がぽつぽつと零されました。

「わたくしから見れば、まだ貴女と同じでこれから貴婦人へと成長していく令嬢でした。ですが、あんな……本当にあまりにショックで、わたくしは……」

「お義母様、思い出さずにいるのも健康でいることの秘訣です」

私の言葉にお義母様が顔を上げました。

「そうね、今は、とびきり可愛い貴女がいるもの」

そう言ってお義母様は、私の頬を撫でて下さいました。

「それにしてもあの子、兄嫁の理想が高すぎやしないかしら？」

お義母様が呆れたように言いました。

「クリスティーナ様は、ウィリアム様をとても尊敬していらっしゃいますから」

「リリアーナ、怒ってもいいのよ？　誰の目から見ても失礼だもの」

「怒るだなんてそんな……！」

私は慌てて首を横に振りました。

「その、私のほうこそ怒られるかもしれませんが、今日の勝負、とても楽しかったのです」

お義母様が驚いたように目を瞬かせました。

「私、学院には行けませんでしたから、噂に聞く『試験』を受けられたみたいで、わくわくしてしまいました。それにこんな風に明確に気持ちよく勝つという体験も初めてです。今から次の勝負が楽しみです」

私はテーブルの上の答案用紙を振り返りました。後でウィリアム様とセドリックに見せるくらいは、いいでしょうか。セドリックが自分の成果を嬉しそうに私に報告する気持ちは、きっとこんな風にふわふわして、わくわくしているのですね。

「貴女が楽しいと言うのなら、わたくしはもう何も言わないわ。でも、絶対に無理だけはしないこと。約束よ？」

お義母様がふわりと笑って下さって、私も嬉しくなって「はい」と返事をしました。

そして、この日、負けたのがだいぶ悔しかったようでクリスティーナ様は、二日おきに放課後の時間を使って私に勝負を挑みに帰って来るようになったのでした。

それからお茶会の準備と並行して、色々な勝負をしました。

紅茶の産地当て勝負、語学聞き取り勝負、数学や歴史などの本当に試験のような勝負もありました。

そして、アーサーさんの教え方が素晴らしかったからでしょう。今のところ、私は全てにおいて僅差ではありますがクリスティーナ様に勝つことができました。

そのおかげかクリスティーナ様の態度も少しずつではありますが、軟化しているように感じています。

「……リリアーナ嬢。いよいよ三日後にはお茶会ね。そちらはどうなのかしら？」

私の部屋にやってきたクリスティーナ様が徐に言いました。

「はい。お義母様のすごさを実感してばかりですが、とても良いお勉強になっております」

お義母様の招待客への心遣いや気配りは、本当に見習うべきところがたくさんあります。

今回のお茶会は、私の祖父母の招待がメインで、他にガウェイン様、お義母様とお義父様のご友人夫妻が三組とマリエッタ様がいらっしゃる予定です。

「貴女の体に万一のことがあると困るので、事前に、モーガン先生に許可は取りました」

「モーガン先生に許可？　一体、なんのですか？」

「激しい運動はだめだけれど、これくらいは良いと許可を頂きました」

そう言ってクリスティーナ様が取り出したのは、革製の手のひらサイズのボールでした。

「ポーチの下なら日陰ですし、お庭でボール投げ勝負はいかがですか？」

「はい、もちろんです」

　私は、はりきって頷きました。ボールを投げたことはありませんが、セドリックとウィリアム様が庭でボール遊びをしているのを見たことはあります。

　部屋からお庭へと移動します。

　お義母様もいつの間にかお庭にいました。お義母様は、私たちの勝負をいつも必ず見守っていて下さいます。

　お庭で植物の観察をしていたセドリックとヒューゴ様も見物にやって来ました。

「三本勝負で、一番遠くへ投げられた方の勝ちです」

　ポーチから門へ続く、一番真っ直ぐで広々としたスペースで勝負をすることになりました。アリアナと庭師の皆さんが、計測係を買って出て下さったので、今はポーチから門までの間に等間隔で並んでいます。

「では、リリアーナ嬢、お先にどうぞ。ボールが落ちたところには、レンガを置いてくれますから」

　クリスティーナ様からボールを受け取り、スタート地点に立ちます。セドリックとエルサの応援を背に私は、ボールを投げるために腕を上げました。

「え、えいっ」

力みすぎて思わず目を瞑ってしまいましたが、確かにボールが手から離れていき、私はおそるおそる目を開けました。

見つめる先、計測係の皆さんは誰も動いていません。

「……？」

頬に手を当て、首を傾げていると、後ろでゴトンと音がしました。振り返るとヒューゴ様が私の少し後ろにレンガを置いていました。

首を傾げたままの私にセドリックが答えを教えてくれました。

「姉様のボールは、ポーチの天井に当たって後ろに落ちちゃったの」

「まあ、どうしてかしら。不思議ですねぇ」

「ああっ、今日も私の奥様がお可愛らしい！」

何故か感動するエルサに抱き締められてしまいました。

見れば、クリスティーナ様は手の甲を口元に当ててそっぽを向いて、お義母様は扇子で顔を隠して肩を震わせています。

「ごめ、ふふっ、ごめんなさいね、ふふふっ」

お義母様はこらえきれない笑いを零しています。お二人が笑っているのだと気付いて、私もなんだか可笑しくなってきてしまいました。

「ふふっ、私のほうこそ……ふふふっ、後ろに行ってしまいました」

「貴女、心底真面目に不思議そうに言うんですもの、もう、ふふふっ」

クリスティーナ様が耐えきれないと言った様子で笑い出しました。

クリスティーナ様の笑顔は初めて見ました。お義母様とよく似た美貌がいくらか幼くなって、とても可愛らしいです。

ですが、はっと我に返るといつもの眉間に皺を寄せた難しい顔に戻ってしまいました。

「見ていてちょうだい、お手本をお見せしますわ」

そう言って、ヒューゴ様からボールを受け取ったクリスティーナ様が、ひょいとボールを投げました。ボールは綺麗な放物線を描いて随分と遠くへ飛んでいきます。

「まあ、すごいです、クリスティーナ様！　あんなに遠くに！」

思わず拍手を贈ると振り返ったクリスティーナ様が、驚いたような腑に落ちないような微妙な顔をしていました。

ですが、すぐに計測係の皆さんに「今回はもういいですわ。アリアナ戻って来てちょうだい。庭師の皆もお仕事中、ありがとう」と声を掛けます。

「リリアーナ嬢。今回の勝負は、いったんお預けにいたしましょう。まず、ボールを投げる練習をしておいて下さいませ。せめて前に投げられるように」

「申しわけありません。以前、ウィリアム様とセディが簡単に投げているのを見たので、できると思っていたのですが、ボール投げは奥が深いのですね」

「……いえ、そんなことはないと思いますけど……それで暫くは勝負をお休みにいたしましょう。お茶会の準備に専念するといいですわ」

「お気遣い、ありがとうございます。クリスティーナ様」

「当日は私も出席しますので、貴女の勉強の成果と力量を拝見させていただきますわよ」

「は、はい。頑張ります！」

　私は、身の引き締まる思いを胸に力強く頷きました。

　クリスティーナ様は、やっぱり先ほどと同じ微妙な顔になって、お義母様に挨拶をして家の中に入って行きました。

「クリスティーナ様、どこか具合が悪いのでしょうか。なんだか微妙な顔をしていました」

「いいえ、気付き始めたのでございますよ。さあ、奥様、中へ。セドリック様とヒューゴ様も一度、休憩と水分補給をして下さいね」

　ヒューゴ様とセドリックは、エルサの言葉に素直な返事をして先に家の中に入ります。私もお義母様と一緒に中へ入ります。

「リリアーナ、頼んでおいた紅茶の茶葉がやっと届いたの。これでお茶会のテーブルの上は完璧よ。味見を兼ねてお茶にしましょう」

「はい、お義母様」

「なんだか楽しそうだな、リィナ」

ダンスの練習を終えて、カウチに腰かけ休んでいるとウィリアム様が顔を出しました。

「ウィリアム様、どうされたのですか？」

「ここのところ忙しいからな。少し休んで下さいと部下に言われて長めの休憩を貰った」

そう言ってウィリアム様が私の隣に座ります。気を使ってくれたのか、いつの間にかダンス練習室には、私とウィリアム様の二人きりです。

「おかえりなさいませ、ウィリアム様」

「ああ、ただいま。私の可愛いリィナ」

肩を抱き寄せられて、額にキスを貰いました。気恥ずかしくて俯くと、今度はつむじにキスされてしまいました。

「今日は、ダンスの練習かい？」

くすくすと笑いながらウィリアム様が問いかけてきます。

「はい。ですがまだ一曲、踊りきれないのです……息が上がってしまって、どうしても」

体力のなさに、自分で驚きます。短くて、穏やかなテンポの曲を練習しているのですが、ステップを覚えるのに半年を要し、更（さら）に踊りきることがまだできていません。

「無理はしなくていいよ。ダンスができなくても、挨拶ができれば充分（じゅうぶん）さ」

「ですが……」

「それより、昨日はクリスと勝負の日だっただろう？　昨夜は帰って来られなかったから、教えてくれ。また君が勝ったのかい？」

ウィリアム様が話題を変えて下さる気遣いに私も応えます。

「いえ、昨日はお預けになってしまったのです。ボール投げをしたのですが、どうしてか私のボールは後ろに飛んで行ってしまったのです」

「後ろに？」

「はい。それでボール投げの練習をして、まずは前に投げられるようになったらまた勝負ということになったのです。クリスティーナ様は、すごいのですよ。ひょいと軽く投げているように見えたのに、とても遠くにボールが飛んで行ったのです」

あの時の感動が胸によみがえって、少しはしゃいでしまいました。我に返って恥（は）ずかしくなって、目を伏（ふ）せるとウィリアム様にぎゅっと抱き締められました。

「わたしのつまが、きょうも、かわいいっ」

私の髪（かみ）に顔をうずめて何かを言っていますが、聞き取れません。でも多分、きっといつものウィリアム様の発作（ほっさ）です。私も自分の顔の火照（ほて）りを落ち着けようと試みます。

少ししてから「リィナ」と名前を呼ばれ、顔を上げます。

「明後日のお茶会には、私も参加できそうなんだ。君の隣にいてもいいかい？」

「本当ですか？　でもお仕事が……」

「大丈夫。お茶会に参加するのも貴族の仕事だろう？　それに君のおじい様とおばあ様にきちんと挨拶がしたいんだ」

ウィリアム様の指先が私の頬にかかっていた髪をそっと払ってくれました。

「……ありがとうございます。ウィリアム様がいて下さるなんてとても心強いです」

ウィリアム様は、私のために色々なことに真摯に向き合って下さいます。その優しさが、いつも途方もない幸せを私に運んでくれるのです。

「……リィナ。もしお茶会をつつがなくこなせたら、今年の終わりの舞踏会でデビューするかい？　もちろん、君の教師である母上の合格が出ればだけれど」

思わぬ言葉に息を呑みました。

「よ、良いのですか？　その、私なんかが」

「なんか、などと言ってはいけないよ。私の愛しい人は、とびきり優秀なレディなんだ。クリスとの勝負もボール投げ以外は君が勝っているじゃないか。それにお茶会の準備も社交の勉強もとても頑張っていると母上から聞いているよ」

こつんと額がくっつけられて、青い瞳が間近に迫ります。

「前にも言っただろう？　自分が誰であるか、どうあるか決めるのは自分自身だと。君がこれまでしてきた努力を無下にしてはいけない」

「……はい、ウィリアム様」

深い愛情に幸せすぎて、泣きそうになるのを耐えて微笑みました。ウィリアム様も微笑みを返してくれ、目じりにキスが落とされました。

「私、お義母様から合格が出たら、貴方の妻としてデビューしたいです」

「ありがとう、リィナ」

ウィリアム様の手が私の頬をくすぐるように撫でました。私はその手を捕まえて頬を寄せます。大きな手はいつも私に安心を与えてくれるとびきりの存在です。

「…………だが、リィナ」

不意にウィリアム様の声に不安が混じったような気がして、目を向けます。青い瞳が心配の色を滲ませ私を見つめていたので、首を傾げます。

ウィリアム様は、何かを言いよどむように視線をさ迷わせて、ようやく口を開きました。

「最近、再び私と君の不仲説が流れているんだ。それに……母から聞いたかもしれないが私は、婚約破棄をした当時、舞い込む縁談に辟易して、病死したロクサリーヌを一途に想っているという噂を放置していた。そのことで何か言ってくる人もいるかもしれない」

「私、他のことはともかくロクサリーヌ様のことで負ける気はしないのです。……負けるという言い方も変ですが」

ウィリアム様が驚いたように私を見つめています。

「怒るのはあまり得意ではない私ですが、ロクサリーヌ様がウィリアム様にしでかしたこと、傷つけたこと、本当に怒っているんです。だって貴方は、私の愛する旦那様ですもの」

「リリアーナ……君は、本当に素晴らしい女性だ」

ウィリアム様にぎゅうと抱き締められて、私もそっと抱き締め返します。

クリスティーナ様のようにロクサリーヌ様は美しく完璧な令嬢だった、ウィリアム様とお似合いだと言ってくる方だっていると思いますが、この件に関してだけは、私はロクサリーヌ様だけはウィリアム様に相応しくないと思っているので、怖くないのです。

「ありがとう、リリアーナ。もう一つの不名誉な不仲だという噂だって、私の部下や友人たちが火消しに当たってくれている。そう待たず消えるだろう。それに私たちが公の場に共に現れれば、完全に鎮火するだろう。私たちの愛は本物だからね」

腕の力が緩んで顔を上げます。

「ただ本当に、無理に社交はしなくていいんだ。私や母上に任せきりだって別にいいんだ」

「無理だなんて、そんな……っ」

私はウィリアム様の手をぎゅっと握り締め、首を横に振ります。

「どうしてですか……？　私は、貴方の妻として……っ」

ぎゅうと胸が苦しくなって、先ほど我慢したはずの涙が零れてしまいます。それを隠すようにウィリアム様の手を放して俯くと、ぽたぽたと涙が落ちていきます。

「す、すまない。すまない、リリアーナ」

ウィリアム様の手が私の頰を濡らす涙を拭ってくれますが、今は顔を上げられそうにありません。

「……すまない。君はここのところ、本当に頑張っているから、無理をして倒れないかと心配だったんだ」

すまない、とまた一つ重ねられた謝罪の言葉に私は、首を横に振りました。

「わ、私のほうこそきちんと理由も聞かずに泣いてしまって、申しわけありません。ウィリアム様は心配して下さっていたのに……」

「いや、私の言い方もよくなかった。心配をあんな形で押しつけるべきではなかった」

ちゅっちゅっと涙を拭うように頰や目じり、瞼にキスが落とされます。

「……私、他ならない愛するあなたのために頑張りたいのです。具合が悪くなったら絶対に休みますから、もう少しだけ見守っていて下さいませんか？」

ウィリアム様は、少しの間を置いて苦笑を零すと頷いてくれました。

「君は、私よりずっと強いなぁ……」

「ウィリアム様？」

「いや、なんでもないよ。それよりまだ練習はするのかい？」

「はい。あと少しだけ」

「なら、私が相手をしてもいいかな」

そう言ってウィリアム様は立ち上がり、私の前に立つと胸に右手を当て、軽くお辞儀をし、私に左手を差し出しました。

「愛しいレディ、私と踊っていただけますか？」

「……はい、よろこんで」

私はその手に自分の手を重ね、立ち上がります。

ウィリアム様の左腕が腰に回され、私もその腕に手を添えます。もう片方の手はウィリアム様の大きな手に包まれました。

誰もいないので音楽もありません。けれど、ウィリアム様が口ずさむリズムに合わせて、ゆっくりとしたステップを踏みます。

いつもはエルサが相手役をしてくれるのですが、これまでも何度かこうしてウィリアム様と踊ることがありました。密着した体にドキドキして、足を踏んでしまうこともあったのですが、今日は何故か少し胸の中に小石がころころと転がっているような、もやもやした感情がありました。

私はウィリアム様の胸に顔をうずめるように寄り添います。

「リリアーナ？」

「……大好きです、ウィリアム様」

縋るように告げると足が止まって、力強く抱き締められます。

「私も愛しているよ、私の愛しいリィナ」

愛情がたっぷり込められたその低く甘やかな声と言葉は心に深く沁み込んでいくのに、やっぱりどうしてか、隙間に小石が挟まったようなモヤモヤが消えてはくれないのでした。

第三章 ― 小さなお茶会

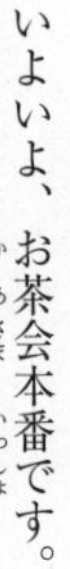

いよいよ、お茶会本番です。

今日は、お義母様と一緒に仕立てた水色のドレスを選びました。髪もエルサとアリアナが綺麗に結い上げてくれ、ガウェイン様から頂いた青のリボンを飾りました。もちろん、ウィリアム様から頂いたネックレスと指輪はしっかり身に着けています。

エルサとアリアナに「完璧です！」と背中を押されて、部屋にお迎えに来て下さったウィリアム様の前に出ます。

「リリアーナ、今日もとっても綺麗だよ」

「ありがとうございます、ウィリアム様も素敵です」

ウィリアム様は青色の衣装ですが、私のドレスと同じ水色のスカーフタイに気付いて目を伏せます。私の視線に気付いたウィリアム様が「お揃いだ」と弾んだ声で言いました。

「さあ、行こう。もうそろそろお客様が到着する時間だ」

ウィリアム様が差し出す腕に手を添えて、エルサたちも一緒に一階へと下ります。

今日のお茶会はお庭で開かれます。

幸い お天気も良く、春の花々が咲き乱れる会場はとても美しく飾り立てられています。

お義母様と吟味した茶器やテーブルクロス、庭師のジャマルおじいさんと選んだお花、料理長からアドバイスを貰ったお菓子など、一つ一つ、丁寧に仕度をしたつもりです。

庭に出るとお義母様がお義父様とクリスティーナ様と既に最終チェックをしていました。

今日はあまり固い雰囲気にならないように、席は決めず立食形式で行われます。ですが、庭の木陰にベンチや椅子を置き、気兼ねなく休憩ができるように配慮しました。

「遅れてしまいました。すみません」

「いいのよ。わたくし、楽しみで早く来てしまったの。リリアーナ、ドレス、とても似合っているわぁ。髪を上げているのも雰囲気が違っていいわねぇ」

「あ、ありがとうございます」

憧れのお義母様に褒められて嬉しいです。

「ウィリアム、わたくしにヤキモチを妬かないでちょうだい」

「……妬いてません」

何故かウィリアム様が拗ねたように返事をしています。お義母様の前だとちょっと表情が幼くなるのが新鮮で、可愛らしいです。

「大奥様、奥様」

アーサーさんの声に顔を向けると、その後ろに何故か呼んだ記憶のない方々がいます。

「なんでいるんだ！」

「来たかったから、来ちゃった」

前にもどこかで聞いたことのある会話が繰り広げられます。

アーサーさんの背後にいたのは、アルフォンス様と護衛のカドック様でした。お二人とも騎士服ではなく、まるで今からお茶会に出席するようなおしゃれな格好をしています。

「やあやあ、リリィちゃん。今日はいつもと違った雰囲気でとびきり綺麗だね。シャーロット夫人もジェフリー殿もお元気そうで、おや、クリスティーナ嬢も帰って来ているんだね。優秀な成績を収めていると聞いてるよ」

アルフォンス様は流れるように挨拶をして、「ちょっとしたお土産だよ」と私とお義母様とクリスティーナ様にキャンディをくれました。

「ありがとうございます、殿下。殿下もお元気そうで何よりでございます」

お義父様が頭を下げれば「僕は元気が取り柄だからね」とアルフォンス様が軽やかに笑っておられます。

「リリアーナ」

近くにいたアリアナにキャンディを預けているとお義母様に呼ばれて振り返ります。

「貴女のおじい様とおばあ様、少し遅れると連絡が来たそうよ」

お義母様の言葉を肯定するようにアーサーさんが頷きました。

「来る途中で馬車が故障してしまったようで、少々遅れると連絡が。幸い、お二人にもお付きの方々にもお怪我はないそうですので、ご安心下さいませ」

「まあ、そうでしたか。怪我がないのでしたら良かったです」

　私はほっと息をつきました。ウィリアム様が私の背を撫でてくれます。

「お茶会にはこういうこともあるのよ。殿下のような飛び入り参加があっても多少、融通が利くようにしておくのも大事よ。でも大規模で自由な夜会なんかは主賓じゃない限り一時間遅れてもバレない時はバレないわ」

　お義母様が朗らかに笑って言いました。なるほど、と私は心の中にメモをします。

「アルフ様はお優しいですね。私に突然の来客の対処法を教えて下さるために来て下さったのですね。ありがとうございます」

「……うん、そうだよ！」

「絶対にお前個人の好奇心だろうが！」

「旦那様、続々とお客様が来られましたよ。間もなくこちらに参りますので、ご準備下さい。殿下とカドック様はこちらに」

　エルサの声に私たちは、お茶会会場の入り口へ移動します。お義父様とお義母様、ウィリアム様、私、クリスティーナ様の順に並びます。だんだんと近づいてくる人の声に緊張が急によみがえってきて両手をぎゅっと握り締めます。

「リリアーナ嬢、背筋を伸ばして、堂々とするのです。貴女は、私のお兄様の妻を名乗る気なのでしょう？」

隣から掛けられた言葉に驚いて顔を上げますが、目は合いません。クリスティーナ様は、つんとそっぽを向いています。

「言ったでしょう？　今日は、お手並み拝見させていただきますわ、と」

「クリスティーナ様……！」

刺々しい物言いとは裏腹な優しさに、私の緊張がすっと解けてなくなります。

「もっと素直に言えないのか、お前は」

ウィリアム様が苦笑交じりに言いますが、クリスティーナ様はそっぽを向いたままです。琥珀色の髪は綺麗に結い上げられているので、形の良い耳が真っ赤になっているのが丸見えです。

「ほら、いらっしゃったわよ」

お義母様の声に、私は深呼吸をして顔を上げ、背筋を伸ばします。隣にはウィリアム様とクリスティーナ様がいますし、エルサやアリアナも会場の片隅に控えていてくれます。

私は大丈夫。私ならできます、と口の中で呟いて入り口へ顔を向けました。

最初に来られたのは、奥様がお義母様の親友のファーノン伯爵ご夫妻でした。その次がお義父様の親友のバートン元侯爵ご夫妻、その次がお二人の共通のご友人でエグルトン子爵ご夫妻です。

　お義父様とお義母様に挨拶を終えた方々が私たちの前にやって来ます。挨拶をして礼をするとファーノン伯爵が優しく目を細めました。

「本日はお招きありがとう。ウィリアム殿も最後に見かけた時より、随分と顔色が良くなったね。一年も前とはいえ、倒れたと聞いた時は肝が冷えたよ」

「お恥ずかしい話、無理をしすぎてしまいました。ですが、そのおかげですれ違っていた妻とこうして仲を深められたので、怪我の功名と思っております」

「ははっ、これはこれは。流れるように惚気られてしまったな」

「わたし、奥様に会うのがとても楽しみでしたのよ。シャーロットが手紙で『可愛いお嫁さんが来た』それはそれは自慢ばかりするんですもの。実物は噂で聞いていた何倍もお綺麗ね、流石はあのエヴァレット子爵家の血を引いているレディだわ」

　お義母様がお友だちに自慢をしていたという事実に頬が火照ります。

「あ、ありがとうございます。ファーノン伯爵夫人のお話もうかがっております。学院の同期で寮のお部屋が隣同士だったと」

「ふふ、ニコラと呼んでちょうだいな。シャーロットとは長い付き合いなの。後で貴女の旦那様の小さい頃のお話を聞かせてあげるわ」

「本当ですか？　楽しみにしております」

うっかり声が弾んでしまいましたが、ニコラ様は「任せておいて」と笑って、クリスティーナ様のほうへ移動されました。

それからバートン元侯爵ご夫妻、エグルトン子爵ご夫妻ともつつがなくご挨拶を済ませることができました。皆さん、穏やかで優しい方々ばかりです。

「やあやあ、私の可愛い娘、今日は一段と可愛いね」

「おと……ガウェイン様！」

ゆっくりと杖を着いて私たちの下にやってきたガウェイン様が腕を広げ、いつものようにハグを交わします。

「来て下さって、嬉しいです」

「娘の晴れ舞台だから、はりきって来たんだよ。ふふっ、少し会わない間に随分と表情に自信が出てきたね」

「そう、でしょうか？」

「ああ。……ウィリアム君、男の嫉妬は醜いよ」

「嫉妬なんてとんでもない。私の最愛の妻が第二のお父様と慕うガウェイン殿に嫉妬だなんて、そんな！　いつも妻にリボンなどありがとうございます」

「いやいや、私はヘタレとやらではないからね。可愛い娘をとびきり可愛く綺麗に着飾りたいだけの、父心だよ」

心なしか頭上で交わされるウィリアム様とガウェイン様の会話がバチバチしているような気がします。

「……貴女、フックスベルガー公爵様とそんなに仲がいいの？」

クリスティーナ様が驚いたように私を見ています。

「はい、勝手ながらお父様のように慕っております」

「私も君を娘のように想っているよ」

「ありがとうございます。お父様、あ、ガウェイン様、今日は楽しんでいって下さいね」

ガウェイン様は「もちろんだとも」とくすくす笑うとクリスティーナ様と挨拶をして、近くにいたファーノン伯爵夫妻のもとへ行きました。

最後にマリエッタ様がやって来て、挨拶を交わし、お茶会が始まりました。

エルサたち使用人の皆さんが紅茶やお茶に不足がないか、気配りをしてくれ、私はウィリアム様と一緒にお客様と色々なお話をすることができました。

驚いたことにクリスティーナ様も一緒にいて下さって、ウィリアム様と共にさりげなく私をフォローしてくれ、時に紅茶を差し出してくれたりもしました。

「まあ、セディ。ヒューゴ様も一体何を……」

ふと視界の端っこに弟の姿を見つけて目を瞬きます。ヒューゴ様と一緒にこっそりやってきて、どこで調達してきたのか小さなカゴにテーブルの上のお菓子を入れています。

ガウェイン様がくすくすと笑って二人の頭を撫でるとマフィンを渡していました。

「リリアーナ。こうした茶会では、ああして子どもがお菓子をこっそり貰いに来るんだ」

「そうそう。僕もよくウィルと一緒に忍び込んだものだよ」

ウィリアム様とアルフォンス様が懐かしそうに目を細めました。カドック様も心なしか懐かしそうに目を細めています。きっとお二人の言葉通りなのでしょう、他のお客様も二人に気付くと、形ばかりこっそりとお菓子を分けて下さっています。

「そうなのですね。ふふっ、セドリックも初めてのことに楽しそうです」

エイトン伯爵家ではサンドラ様がよくお庭でお茶会を開いていましたが、セドリックが忍び込むことは、なかったでしょう。ここで普通の貴族の子らしい体験をさせていただけることがとてもありがたいです。

「……カトリーヌ」

母の名前が聞こえた気がして振り返ると、一組の老夫婦が呆然と立ち尽くしていました。

隣にはお義母様がいて、お二人が私のおじい様とおばあ様だと気付きました。

おじい様は、ブロンドに水色の瞳のとても端正な顔立ちをしています。おばあ様も同じブロンドで、瞳が私と同じ色でした。

「……君が、リリアーナか？」

私たちの目の前にやって来て、おじい様が震える声で尋ねてきます。

「は、はい、私がリリアーナです」

「ああ、リリアーナ……どれほど会いたかったことか……っ」

ぽろぽろと涙を零すおばあ様に抱き締められて目を瞬かせます。その細い腕は信じられないくらいに強い力が込められていました。

遂にはおじい様も泣き出してしまい、私やウィリアム様がおろおろしているとお義母様がそっと助け舟を出してくれました。

「つもる話もありますでしょう？　客間の用意をさせましたから、そちらでゆっくりしてきて下さいませ。リリアーナ、こちらは大丈夫だから、おじい様とおばあ様に元気な顔をよく見せてあげなさい」

「はい、お義母様。お心遣い、ありがとうございます」

お義母様の心遣いにお礼を言って、私はウィリアム様とおじい様たちと共に屋敷へと戻ります。エルサがアリアナに言づけて、後について来てくれるのが分かりました。

おばあ様は、客間に着くまで私の手を強く握って放しませんでした。

客間に到着し、向かい合うようにソファに座って暫く、おばあ様の涙は止まりませんでした。おじい様がそんなおばあ様の背をずっと撫で、心配そうに見つめる眼差しにお二人がとても仲の良い夫婦なのだと感じられました。

　姿絵が世に出回るのがお嫌いだという二人の姿絵はなく、私は今日、初めておじい様とおばあ様の顔を知りました。

「ごめんなさいね、リリアーナ。貴女に会えたのが本当に嬉しくて」

　ようやく涙が止まっておばあ様が顔を上げました。

「いいえ、私のほうこそ、なかなかお返事ができずにいて申しわけありませんでした。本当なら私が伺うべきでしたのに、ありがとうございます」

「いいのだ。それより挨拶がまだだった。私は、トラヴィス。こちらは妻のクラウディア」

「初めまして。私はリリアーナと申します。こちらは私の旦那様のウィリアム様です」

「初めまして。長いこと好いお返事ができず、本当に申しわけありませんでした。お二方の心情を考えれば、もっと早くに私が行動を起こすべきでした」

　ウィリアム様が座ったままですが深々と頭を下げました。私もお返事ができなかったことを詫びて同じように頭を下げます。

「顔を上げてくれ、リリアーナ。こうしてリリアーナに会えたのだ。それでいい」

　おじい様の言葉にウィリアム様と一緒に顔を上げます。

　おばあ様は、じっと私を見つめていて目が合うと微かに笑ってくれました。おじい様は、用意された紅茶をひと口飲むと口を開きます。

「スプリングフィールド侯爵、申しわけないが家族水入らずで話をさせてくれないか。十七年、待ちに待っていた時間だ。最後に会ったのは、君がまだ生まれて三カ月の頃だった」

　赤ちゃんの頃にお会いしていたとは知りませんでした。でも、お母様は私を産んで半年の間は生きていたのですから、おかしな話ではないのかもしれません。

「もちろんです。茶会のことはどうか気になさらず。用意した菓子もこちらに運ばせましょう。……リリアーナ、私はあちらに戻るよ。おじい様たちとゆっくり過ごすといい」

「ありがとうございます。ウィリアム様」

　ウィリアム様は、私の頬を撫でると笑みを零して、おじい様たちに一礼し、客間を出て行きました。エルサがドアを閉める音が、ひっそりと響きました。

　おじい様たちに顔を戻すと、徐に立ち上がったおばあ様が私の隣に腰かけました。

　レースの手袋に包まれた手が私の頬に触れます。

「大きくなったわね。最後に会った貴女は、腕に抱えられるほど小さかったのに」

「ああ、本当に。目の色がクラウディアと……カトリーヌと一緒だ」

　おじい様は向かいのソファから、一人掛けのソファに移動してきて、おばあ様の肩越しに私の顔を覗き込んで言いました。

私はお母様のことをほとんど知りません。知っているのは、子爵家の出身であること、体が弱かったこと、私を産んで半年で亡くなってしまったことくらいです。

おじい様とおばあ様は、この十七年間、どれほど会いたかったかを真摯に言葉にしてくれました。エイトン伯爵家の老執事に手紙も止められてしまい、会いに行っても門前払いでどうにもならなかったのだと。

私もエイトン伯爵家の一切を取り仕切るあの老執事のおじいさんは苦手でした。私を憎んでいた両親や姉はある意味とても分かりやすかったのですが、あの人は本当に何を考えているのかさっぱり分からないのです。

「それがまさか英雄殿と結婚とはね。……結婚式にも呼んでもらえなかったが」

おじい様が苦々しげに言いました。

私は、おじい様がやっぱりウィリアム様をよく思っていないのだと実感しました。先ほど会った時から、おじい様も、そして、おばあ様もウィリアム様を見ようとしないのです。

「お、おじい様。結婚式はウィリアム様もお忙しくて、本当にこぢんまりしたものだったのです。唯一、ウィリアム様の親友である王太子殿下が出席して下さったくらいです」

正直、緊張のしすぎで教会での結婚式の記憶はあまりありませんが、私はなんとかウィリアム様への印象がこれ以上悪くならないように頑張ろうと決意しました。

「……リリアーナ、幸せか？」

「はい、もちろんです」

私は、すぐに頷きました。自然と婚約指輪に目が行って、笑みも浮かびます。

ウィリアム様がいて、セドリックやエルサたち使用人の皆さんに優しいお義母様やお義父様たちもいて、私は本当に幸せです。

笑顔になった私におばあ様とおじい様は、微かに笑ってくれましたがどうしてか、その顔は晴れません。

「……だが、スプリングフィールド侯爵は……いや、なんでもない。それより、今はどんな日々を過ごしているんだ？　教えておくれ、リリアーナ」

おじい様の問いかけをきっかけに、それからは当たり障りのない会話を楽しみました。

「リリアーナ、今度は是非、我が家に来なさい。我が家にはカトリーヌの肖像画もある」

「あの子の部屋もそのまま残してあるのよ。見せたいものも教えたいこともあるし、是非、来てちょうだい」

そのお誘いはとても魅力的ですが、私は勝手に頷くことはできません。

私の夫は、国の英雄と呼ばれるほどの人ですので、妻である私を狙う悪党もいるのだとウィリアム様が教えてくれました。ですので、私の外出は必ず護衛を伴わなければなりませんし、もちろんウィリアム様の許可も必要なのです。

とはいえ貴族社会では夫の許可を得るというのは割と当たり前のことですので、私はお義母様に習った通りの文言を口にします。

「ウィリアム様が良いと言って下さったら、是非」

「……では、私からも侯爵に許可を願い出てみるよ」

「待っていますからね、リリアーナ」

「はい、おじい様、おばあ様」

それからもう少しだけお話をして、お茶会の会場へと戻ったのでした。

「やあ、追い出されたのかい？」

私――ウィリアムが後ろ手にドアを閉めて顔を向ければ、案の定、アルフォンスが愉しそうに笑いながらやってきた。後ろにはマリエッタのままのマリオがいる。

「お招きありがとうございますわ。リリアーナ様と大奥様のドレスの評判が良くて、また新しいお客様が増えそうですのよ」

「ソウカ、ソレハヨカッタナ」

「棒読み甚だしいな」

男口調に戻ったマリオがケラケラと笑いながら言った。

そのまま私たちは、庭に戻らず近くの別の客間へ入った。既に優秀な執事のフレデリックが場所を整えてくれていた。

私たちはそれぞれ一人掛けのソファに座る。

「護衛はどうしたんだ？」

「セドリックとヒューゴと遊んでいるよ。カドックの楽しみだからね」

ティーカップを持ち上げ、口へと運びながらアルフォンスが言った。

「うちのセディはとびきり可愛いからな」

ふふんと笑って私も喉を潤す。

「ところで、随分と目の敵にされているようだったけど、何をしたの？」

思わずむせる。フレデリックが形ばかり背中を叩いてくれた。

「やっぱり。エヴァレット元子爵が屋敷に戻る時、ウィルのこと睨んでたよな」

マリオがケラケラと笑いながら言った。

こいつら、と睨みつけながら私はティーカップをテーブルに戻す。

「実は……結婚当初、リリアーナに会いたいと手紙を貰っていたんだ。昨年、リリアーナが初めて孤児院に行ってから暫くして途絶えていたんだが、三月の頭にピクニックに行っただろう？　その後くらいから、エヴァレット元子爵からリリアーナに会いたいという手紙が再び来るようになって、そして、それと一緒に離縁してくれと言われ続けている。昨日も言われた。無論、すぐさま断りの手紙を出している」

「そりゃあねぇ。結婚当初から愛娘の遺した孫に会いたいって言ってるのに、自分の執事に代筆させて断り続けていた婿殿じゃねぇ」

「うわぁ……お前、本当、よく、離縁されなかったな」

アルフォンスの暴露にマリオが本気でドン引きしている。

私は全部、自分がまいた種だと分かっているので何も言いわけはしない。記憶喪失になる前の私は、人として本当に礼儀も礼節も弁えない最低な男だった自覚はある。

「しかも今年の社交期が始まる少し前からまた君たちの不仲説が流れているしねぇ。社交期が始まって、本格的に噂の勢いも増し始めている」

アルフォンスはくすくすと笑っているが、目がこれっぽっちも笑っていなかった。私だって眉間に皺が寄るのを抑えられそうにない。

「俺じゃなくて、マリエッタのほうで仕事をしててもその話題はよく聞くぜ。中にはお前の愛人の座を狙ってるご令嬢も現れ始めてるぞ」

マリオが面白がるように言った。だがやはり彼も目が笑っていない。

もともと私の身勝手な結婚だったので、当初は私とリリアーナの夫婦関係は破綻していると社交界では周知の事実だった。家にも帰らない私と姿を見せないリリアーナに誰もそのことを疑わなかった。

だが私の記憶喪失をきっかけに私たちの夫婦仲は良好になり、私が無理をしてでも家に帰る姿やリリアーナが孤児院や騎士団を訪問する時に姿を現すようになったことで、騎士たちの間で話題になり徐々に愛し合う夫婦とこの間までは認識が改められていたのだ。

だが、最近になって再び私とリリアーナの不仲説が流れているのだ。

「騎士団の連中とその奥方が夜会やら茶会やらで君のでれでれ具合を話して回ってはくれているけれど、一向に噂が消えないんだよねぇ」

アルフォンスが思案するように言った。

「どこの誰だろうね。この僕が口添えした婚姻を台無しにしようと企んでいる馬鹿野郎は」

声から温度がなくなっている。マリオが「厄介な男を怒らせたもんだなぁ」と顔も知らぬ馬鹿を憐れむように言った。

私とリリアーナの結婚は、アルフォンス――王太子が口添えしたことでも有名だ。

だから、私たちが離縁なんてことになれば、またも我が家は王家の顔に泥を塗ったことになるのだ。そうなれば流石の私も騎士団にはいられないし、最悪、爵位の返上だって考えられる。

王家の手を借りて婚姻を結ぶということは、それだけの責任と義務が伴うのだ。死別以外での離縁は到底認められない。何があろうと婚姻関係の継続が求められるのだ。

「私とリリアーナは、こんなにも愛し合っているのに、本当に腹立たしい」

「君が、さっさとリリィちゃんをデビューさせればこんな馬鹿げた噂は払拭されるよ？　君たちのイチャつきぶりを見れば、国内の砂糖の生産量が上がるかもしれないほどにね」

「それは、分かっている……リリアーナにも話をした。今流れているこの不名誉な噂の件も含めて、今期の終わりの舞踏会でデビューをするかと。彼女は喜んでいた。だが……体の弱いリリアーナが、ただ、心配なんだ」

絞り出すように吐き出した言葉にアルフォンスとマリオは口を噤んだ。

リリアーナは、母が帰って来てから本当に頑張っている。毎日、一生懸命勉強しているし、クリスティーナとのことも最初は心配したが、リリアーナはいつも楽しそうだ。

リリアーナは、本物の悪意や憎悪というものを身をもって知っている。だからクリスティーナに対して、怯えない。

私の妹は思い込みが激しくちょっと抜けているところはあるが、決してマーガレットやサンドラのような真似はしない。リリアーナをリリアーナという一人の人間として認識し、気に入らないなら、その上で正々堂々勝負を挑むような馬鹿正直な妹なのだ。リリアーナもそれを分かっていて、楽しそうに勝負をしている。

正直、「全問正解だったのです」と答案用紙を嬉しそうに見せてくれたリリアーナに、私は妹との勝負が彼女の好い息抜きになっていると安心したほどだ。

「デビューを無理強いはしないよ。今のところはね？　だけど、この不仲説はあまりに自然に流れだして、不自然に残っている。探る必要はあるでしょう？」

「ああ。もちろんだ。私とリリアーナは正真正銘愛し合っているのだからな。こんな不名誉な噂はさっさと消し去りたい」

「マリエッタと・し・て・は・協力するわよ。……もう二度とお前たちの執務室には近づかねぇ。俺はそう決めてるんだ」

　苦々しげに言ったマリオに私とアルフォンスは顔を見合わせて、ただ微笑むにとどめた。マリオが「二度と手伝わねえからな！」と叫ぶが聞こえないふりをする。

「ウィル、心配しすぎもよくないからね。リリィちゃんは、他ならない君のために頑張りたいんだから。何事もほどほどに、ほどほどにだよ」

　アルフォンスの言葉に頷いた私だったが、数日後、この言葉をもっと真剣に受け止めておくべきだったと後悔することになるとは、思いもしなかったのだ。

　無理が祟ってリリアーナが倒れたのは、この三日後のことだった。

「奥様、レモン水をお持ちしました。飲めますか？」

エルサが心配そうに眉を下げて、隣でアリアナがグラスを差し出しています。私が頷くとエルサは私が起き上がるのを手助けしてくれました。アリアナが、水を飲むのを補助してくれ、爽やかなレモンの香りが鼻先を抜け、ほどよく冷えた水は喉を潤してくれました。

水を飲み終えると私はまたベッドへと沈みます。

お茶会が無事に終わった三日後、私は情けなくも息抜きにとお義母様やセドリックたちと訪れた温室で倒れてしまったのです。

それから熱を出してしまい、三日が経っても熱が下がらないのです。すぐに診察に来て下さったモーガン先生には「疲労が原因です。安静に」と言われました。

サイドテーブルにはセドリックとヒューゴ様がお庭から摘んできてくれたお花が飾られています。お義母様にも「無理をさせてしまったわ」と心配させてしまい、クリスティーナ様は学院を休んでまでお見舞いに来てくれました。

でもやはり一番心配をかけてしまったのは、ウィリアム様でした。

流石に繁忙期ですので、以前のようにデスクを私のベッドの横にというわけにはいきませんが、少しでも時間ができれば、例え五分だけでも私の様子を見に帰って来て下さるのです。申しわけなくて断るのですが、聞く耳を持っていただけません。

「エルサ、リリアーナは？」

「熱がまだ少し高いようです。先ほどレモン水を飲まれて眠っておられます」

「そうか。一時間休憩を貰ってきた。君たちは昼食をとってきてくれ。私が傍にいる」

うつらうつらとしているとウィリアム様の声が聞こえたような気がしました。

今が何時なのか分かりませんが、先ほどレモン水を飲んだ時に閉め切られたカーテンの隙間から僅かな光が差し込んでいるのが見えたので、日中なのでしょう。まだお仕事の時間帯ですから幻聴かもしれません。

「……リィナ、私のただ一人の愛しい人………──、──なんて──なかった」

とぎれとぎれの声は上手く聞き取れません。けれど、私の手は不意に温かくて力強いものに包まれました。

握り返したくても力は入らなくて、私の意思とは裏腹に意識はだんだんと重く底へ沈んでいってしまったのでした。


ようやく熱が下がったのは、それから二日後のことでした。

「リリアーナ。やはり今期のデビューは見送ろう」

五日も熱を出して寝込んでいた体は重く、私はまだベッドの上でぼんやりと外を眺めていました。

ウィリアム様が私のベッドの傍にいつやって来たのかも分かりませんが、言われた言葉の意味も分かりませんでした。

「……ウィリアム様？」

「今期のデビューは見送ろう」

「どう、して……ですか？　まだ舞踏会までは二カ月もあります」

「君は社交にこだわるが、こんな風に体に無理をしてまでやる価値があるようなことではない。社交は私や母上に任せておけばいいんだ」

ウィリアム様の表情は、強張っていて以前の、あの初夜の晩を思い出させるような張り詰めた緊張感がありました。

「私は妻としてだけでなく、侯爵夫人としても貴方を支えたいのです。それに……一度は頷いて下さいました」

お茶会の翌日、お義母様に私は合格を頂き、ウィリアム様は私のデビューを認めて下さいました。

「確かに倒れてしまいましたが……私は、」

「リリアーナ。頷いてくれ」

青い瞳が射抜くような鋭さで私を見つめます。

私は、胸の前で毛布を掻き抱くように握り締め、首を横に振ります。

「い、いやです」

「リリアーナ……！」

「社交以外に！」

　こんな大きな声を出したのは、久しぶりです。

　ウィリアム様の顔を見ているのが怖くなって、私は逃げるように顔を伏せました。毛布を握り締める両手が震えています。

「私が、スプリングフィールド侯爵夫人としてできることは……最愛の旦那様にしてあげられることは……っ、他に何一つないのですから、どうか奪わないで下さいませ……っ！」

　ウィリアム様が息を呑む音が聞こえました。

「……っ、だから、そんなことは！」

「お兄様、落ち着いて下さいませ。エルサ、お兄様をお部屋の外にお連れして。病人の傍で大きな声を出すなんて、いくら敬愛するお兄様でも非常識ですわ」

「かしこまりました、お嬢様」

　ウィリアム様が私を呼ぶ声が聞こえましたが顔を上げることはできませんでした。

　少ししてドアが閉まる音がして、部屋の中は痛いほどの静寂に覆われました。

「……リリアーナ嬢、顔を見せてちょうだい」

　クリスティーナ様の声は言葉とは裏腹に心からの心配が滲んでいて、私はゆっくりと顔を上げました。お義母様と同じ緑の瞳が心配そうに細められています。

「顔色が真っ青を通り越して、真っ白ですわよ？　モーガンを呼びましょうか？」

「いえ、大丈夫です。申しわけありません。お見苦しいところを……」

「痴話喧嘩なんて両親で見慣れておりますわ。アリアナ、水を」

アリアナから受け取ったグラスをクリスティーナ様が私に差し出します。受け取ろうにもまだ手が震えていて、上手く掴めずにいるとクリスティーナ様の手が私の手を包むようにして支えて下さいました。

私やエルサの手とも違う、ウィリアム様より細いのに同じ剣胼胝のある温かい手でした。どうにか水を飲むと少しだけ落ち着いたような気がしました。

「少し、眠ったほうがいいですわ。お兄様のことは、お母様に任せておけば大丈夫ですから、何も考えずに眠りなさい」

そっと肩を押されて私はベッドに沈みます。

「……無理は禁物ですが、早く元気になりなさい。私との勝負がまだあるのですから」

「……ありがとうございます、クリスティーナ様」

クリスティーナ様は、つんとそっぽを向いてしまいましたが、ここから見える耳は真っ赤でした。

「もう早く寝なさい」

ウィリアム様と同じ剣を握る手が私の目を覆い、温かい闇に包まれると急に意識が遠のくのを感じました。貧血(ひんけつ)を起こしているのだと、慣れた感覚に息を吐き出しました。

「……は、い。クリス、ティーナ、さま」

次に起きると心配そうに私の顔を覗き込むお義母様の顔がありました。

「おか、さま」

「貴女、貧血を起こして気絶したのよ？　あまりにも真っ白な顔で……もう本当に驚いたわ。病(や)み上がりで大きな声なんか出しちゃダメよ」

やっぱり貧血だったのかと私は、ため息を零したくなるのをぐっとこらえました。

「とはいえ大きな声を出させたのは、わたくしの馬鹿息子(むすこ)だけれど。ごめんなさいね」

「……いえ。あの、ウィリアム様は」

「仕事へ戻ったわ。最後までドアにへばりついていたけれど、エルサとフレデリックが説得してくれたのよ」

お義母様の向こうに立つエルサを見れば、エルサはにっこりと笑って頷きました。

「実はね、エヴァレット元子爵夫妻がいらしてるのよ」

「……おじい様とおばあ様が？」

「ええ。貴女の具合が悪いと聞いて、一目だけでいいから会えないかって。無理ならいいのだけれど、顔だけでも見せてあげるのは大丈夫？」

「はい。大丈夫です」

私が頷くとアリアナが「いってきます！」と部屋を出て行きました。

それから間もなくおじい様とおばあ様がやって来て、私と目が合うとベッドに駆け寄ってきました。お義母様が場所を譲るとおばあ様の両手が私の頬を包み込みます。冷え切った手は微かに震えていて申しわけない気持ちになりました。

「申しわけありません、おばあ様、おじい様。少し体調を崩してしまって……」

「リリアーナ。我が家へいらっしゃい」

思わぬ言葉に目を丸くします。

私と同じ銀色の瞳は今にも涙が零れてしまいそうなほど、不安に揺らいでいました。

「少し疲れてしまった時は、気分転換も必要だ。我が家で少しの間、療養してはどうだ？」

おじい様がおばあ様の言葉を補足して下さいました。

「で、ですが……」

「リリアーナ。貴女が行きたいのなら、ウィリアムにはわたくしから言っておくわ。それに少し時間を置くのも、仲直りには有効な手立てなのよ」

お義母様の言葉に目を伏せました。

ウィリアム様の言葉が私への愛情と心配から来ているのは、分かっています。それでもなんだか、今はウィリアム様の顔が見られないような気がしました。

　それにやはり、私もお母様のことを知りたいという思いがあります。まだ舞踏会までは二カ月もありますし、丁度良い機会なのかもしれません。体調が整えば、ウィリアム様も安心して下さるでしょうし、デビューのことも落ち着いて相談できるかもしれません。私の長年の経験からすると今回の不調もあと一週間もすれば、元気になるはずです。

「では、体調が良くなるまでお世話になってもよろしいですか？」

　おじい様とおばあ様が同時に「もちろん」と頷いてくれました。

　いつもエルサが言うように、私は時間を置くと決心が鈍るので、即断即決がいいのでしょう。でも、大事なことはきちんとしておかなければいけません。

「……あ、あの、おばあ様、おじい様。もし、子爵家に行ってもいいのなら、エルサとアリアナも連れて行きたいのです」

「……うちにも優秀な侍女やメイドはいるわ」

　おばあ様もおじい様もやっぱりあまりいい顔はしませんでした。まだあのお茶会の日に一度しかお話ししたことはありませんが、お二人がどうしてかルーサーフォード家のことをあまり好きでないのは言動を見ていると分かります。

「私にとってエルサとアリアナ以上の侍女はいないのです」

　私は体に傷跡があるので、普通の貴族令嬢のような入浴の手伝いは断っています。ですが、子爵家の方々はそれを知らないので、ややこしいことになってしまいそうですし、私は傷跡のことは、極力人に言いたくありません。

「エヴァレット元子爵夫人、お話に口を挟む無礼をお許し下さい。私とアリアナは奥様のお体のことを誰よりも理解しております。療養を目的とされるのならば私たちが傍にいたほうが必ず心から安らかにくつろげるはずです」

エルサが一息に言いきりました。アリアナが隣で力強く頷いています。

「……リリアーナの望みなら侍女二人くらいはかまわない」

おじい様が渋々ながら頷いて下さいました。エルサとアリアナが「ありがとうございます」とお礼を言いました。

「でしたら今から参りましょう」

頬から離れたおばあ様の手が私の手を強く握り締めました。

「い、今からですか？　あの、私の外出にはどうしても護衛が……」

エヴァレット子爵家は、我が家から馬車でほんの二十分ほどなので、移動自体は今の私でも可能ですが、どんなに近くても護衛がいなければ、立場上、外出はできないのです。

「おじい様、おばあ様、心配なお気持ちは痛いほど分かりますが、当家の事情もあります。せめてもう二時間ほどお待ち頂けませんか？　息子に連絡をして護衛として女性騎士を付けていただくので、必ず傍に控えるようにさせて下さいませ。わたくしも帰省や外出の際はそうしております。それとこの子の主治医の連絡先をお渡しします」

「我が家にも私が雇っている護衛の者はいるし、優秀な医者もいる」

「わたくしは心配性なのですわ。リリアーナはわたくしの大事な可愛い娘、一つでも安全策が多いに越したことはありません。それに主治医が一番、この子の体の状態を知っています。どうかわたくしの我が儘を許して下さいませ」

お義母様が懇願するように言いました。少し長い間がありましたが、おじい様は、なんとか頷いて下さいました。

「だが、護衛は一人までにしてくれ。我が家の護衛たちにも面子がある」

「ありがとうございます。でしたらわたくしはすぐに連絡をしてまいります。イリス、お二人にお茶の仕度を。エルサは、出かける仕度を。アリアナは、セディを呼んできて。ついでにアーサーにもわたくしが呼んでいたと伝えてちょうだい」

「かしこまりました」

三つの返事が聞こえて三人がそれぞれ動き出しました。

おばあ様は、イリスさんがお茶の仕度をしてくれても、セドリックに事情を説明している間も、エルサが仕度を終えて、護衛騎士のジュリア様が来て下さっても、結局、馬車に乗って子爵家に着くまで私の手を放してはくれませんでした。まるで手を放してしまったら私が消えてしまうかのように不安そうなおばあ様に私は、その手を握り返すことしかできませんでした。

こうして私は、思いがけないタイミングではありましたが、生まれて初めて母の実家であるエヴァレット子爵家へと療養に行くことになったのでした。

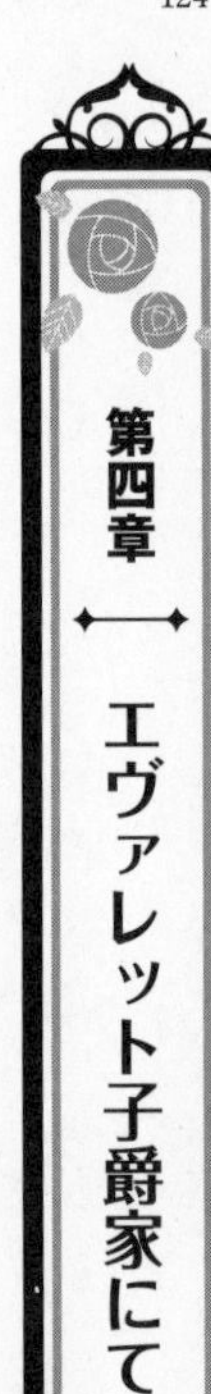

第四章　エヴァレット子爵家にて

「リリアーナ、顔色がいいわね。今日は楽団の演奏を聴きましょう」

私が宿泊している別館に、おばあ様は朝食を終えた頃を見計らってやって来ます。

楽しそうに笑うおばあ様に私は、いつも「はい」と返事をしてついて行きます。

エヴァレット子爵家に来て、早いもので十二日が経ちました。

私の当初の予定では、一週間ほど療養させていただき、おじい様とおばあ様と交流を深めて、侯爵家に帰る予定だったのです。

ですが、本当に自分でも自分の体に嫌気が差すのですが、季節が初夏へと変わる変わり目とウィリアム様との喧嘩が祟り、到着した翌日に再び熱を出し、それから一週間も寝込んでしまったのです。モーガン先生は、子爵家にも往診に来て下さり、後日改めてお礼を申し上げないとなりません。

おじい様とおばあ様は、私と過ごす日々を本当に楽しみにして下さっていたようなので、寝込んだだけで帰るという不義理はできず、ウィリアム様にもう一週間だけこちらで過ごすお願いのお手紙を出して、延長の許可を頂いたのです。

「行ってらっしゃいませ、奥様」

「ええ、行ってきます」

エルサとアリアナに見送られて、私は庭へ出ます。代わりにウィリアム様が私に付けて下さった近衛騎士のジュリア様が一緒に来てくれます。

ジュリア様は、たっぷりとしたブロンドをポニーテールにして、黄緑色の瞳が印象的な美女です。すらりと背が高く近衛の騎士服を着ていると女性なのに王子様のように格好よく、以前、王城で初めてお会いして以来、いつも私の護衛を務めてくれています。

おじい様は、本邸にエルサたちがついて来ることを非常に嫌がって、彼女たちが別館から出るのを許してくれません。ジュリア様の随行も渋い顔をしていたのですが、そこはジュリア様が「護衛ですので」と笑顔で押し切りました。

本来であれば、母の兄であり、現エヴァレット子爵である伯父様一家がおられるそうなのですが、今期は、王城で働く文官である伯父様のお仕事を兼ねてご一家でご旅行に出かけておられるそうで、おじい様たちと私たちしか子爵家にはおりません。

本邸に入り、広間へと向かいます。

「おやァ、クラウディーア様とリィリアーナ様」

少し高めの声が紡ぐ独特の柔らかな訛りが聞こえて顔を上げれば、顔の上半分を仮面で覆った背の高い男性が立っていました。

「あら、バルド。どうしたの？」

おばあ様が首を傾げます。

「相棒のちょーし、確かめてまァした」

そう言ってバルドさんは、手に持っていたリュートを軽く掲げて見せました。

フリルのシャツに膝まである青に金の縁取りのベストのような服、黒いズボンに膝まであるブーツ、そして小麦色の髪にはいつも羽根飾りのついた深紅の帽子を被っています。貴族とも庶民とも違うその服装は、彼がたくさんの国を渡り歩く吟遊詩人だからです。

エヴァレット子爵家には、彼を始めピアノやヴァイオリンといった楽器の演奏者、どこからともなく鳩を取り出して見せる手品師や外国の踊り子など様々な人々が、敷地内にある専用の館に滞在しています。

お義母様とお茶会の勉強をしている時に、家によっては気に入った芸術家たちを援助も兼ねて住まわせる場合もあると教えてもらいました。ルーサーフォード家は、騎士という仕事柄、防犯上の理由でそういったことはしないそうです。

「リィリアーナ様、今日は顔色ヨロシーでェすね」

「はい、おかげ様で。ありがとうございます」

バルドさんは、唯一見える口元ににこっと明るい笑みを浮かべてくれました。

バルドさんは祖父母の一番のお気に入りで、ベッドから起き上がれるようになってから最初に紹介された方でした。その時、仮面をつけていることをお詫びされて驚いたのは記憶に新しいです。旅をしている途中で戦火に巻き込まれ火傷を負ってしまい、それを隠しているのだと教えてくれました。

私にも抱えている傷跡がありますので「気にしません」と伝えるとバルドさんは「うれしィです」と笑ってくれ、よく歌を聞かせてくれるようになりましたし、ほとんど毎日、お庭で楽器の練習をしながら歌っているのでお話をすることもあります。

「今日は、バルドさんも演奏して下さるのですか」

「はァい。皆さんといーしょに練習しました」

バルドさんは陽気に頷いて「いきましょーう」とぽろん、ぽろんとリュートを鳴らしながら広間へ歩き出しました。

広間での演奏会は、とても素晴らしいものでした。

その後は、おばあ様と昼食を食べ、午後はおばあ様と一緒に詩集を読みました。おばあ様は文学作品の中でも特に詩がお好きなそうです。

夕食は、帰宅したおじい様も一緒に楽しみ、そしてようやく私は別館へと帰ります。

もともと体の弱かった娘がいたことで慣れているのか、祖父母は私が疲れないようにするのがとても上手です。

おじい様とおばあ様は、時間の許す限り私と一緒にいることを望んで、本当に私を大切にして下さっています。ドレスやアクセサリーも私が断る前に用意されていて、来た時の三倍、いえ、四倍くらい既に荷物が増えました。

ただウィリアム様を上回る心配性と過保護さで、おばあ様に社交について教えてほしいと言いましたら「体に悪いわ」「今は休息の時間よ」と却下されてしまいました。

おじい様とおばあ様は、私が退屈しないように色々なお話を聞かせて下さいますが、カトリーヌ様——のお母様のことに関してはあまり話して下さいません。いえ、これでは語弊があります。話してはくれるのですが、お二人が母のことを口にする時、とても悲しい影をその顔に落とすので、私はその話題に触れられないのです。

約束通り、肖像画で初めて母の姿を知ることもできました。その肖像画は母が嫁ぐ直前のもので今の私と同じ年の頃を描いた一枚でした。私は本当に母にそっくりなのだと驚いたほど、髪の色が違うだけでそっくりでした。

他に母が嫁ぐ前に使っていたという本邸にあるお部屋も見せていただきました。それでもやはり、もっとたくさんの思い出を教えてほしいと乞うことは、いまだ娘の死を悲しむ祖父母にねだることはできませんでした。

「おかえりなさいませ、奥様」

エルサとアリアナが迎え入れてくれ、ジュリア様も一階の玄関脇にある護衛のためのお部屋へ戻られました。

二階へ上がり、寝室へ入ってほっと息をつきました。

「今日は何をされたのですか」

ドレッサーの前に座った私の髪をほどきながらエルサが問いかけてきます。

「午前中は広間で楽団の演奏を聴きました。午後はおばあ様のお好きだという詩集を一緒に読みました。演奏はとても素晴らしくて……エルサやアリアナも一緒に聴けたら良かったのですが……」

「奥様、私も奥様と楽しみたかったのですが元子爵様の意向は無視できませんから」

「私たちもこちらでつつがなく過ごしているので大丈夫ですよ。それに演奏会なんて、私、立ったまま寝てしまう自信があります！」

私の入浴の仕度をしてくれていたアリアナの言葉にエルサが呆れたようにため息をつきました。いつもと変わらない二人のやり取りに思わず笑みが零れます。

「……奥様、旦那様からお手紙か何かはありましたか？」

躊躇いがちにエルサが尋ねてきて、私はネックレスを握り締めて首を横に振りました。

「奥様、屋敷に帰ったら私があのヘタレ旦那様を殴って差し上げますからね。きっと奥様と喧嘩をして、猛省していながらも、ヘタレなので手紙を出すのを躊躇しているに違いありません」

エルサがふんと鼻息荒く言い切りました。

こちらへ来てから、ウィリアム様からはお手紙一つ届きません。滞在の延長許可を願った手紙の返事は、私ではなくおじい様に届き、おじい様から教えていただいたのです。

冷静になってみれば、本当に些細なすれ違いで喧嘩をしてしまいました。

ウィリアム様は私を心配するあまり、私は彼のためと意地を張るあまり、言葉を交わす手間を惜しんでしまいました。お互いを想い合っているからこその喧嘩だと時間が経てば経つほど実感しました。

だから私も熱が下がってすぐ、滞在の延長許可の手紙とはまた別にウィリアム様に謝罪の手紙を出したのですが返事はありませんでした。忙しいのかと一昨日、もう一度出してみましたがやはり返事はありません。

私が寝込んでいる間、エルサが別館に毎朝様子を見に来てくれる執事の方に尋ねたら「あればリリアーナ様に直接お渡しします」と断られてしまったそうです。なので毎朝、私も本邸の家令さんにこっそり尋ねるのですが「残念ながら」と彼は首を横に振るばかりです。

「……今日、おばあ様が気になることを言ってらしたのですが」

そういえば、と私は詩集を読んでいる時におばあ様とした会話を思い出しました。アリアナは、入浴の仕度に行ってくれたので、部屋にはエルサと二人きりです。

「何をです？」

「どうやらおばあ様は、ウィリアム様がまだロクサリーヌ様を想っていらっしゃるのではと心配しているみたいで」

「ありえません。天と地がひっくりかえるくらいにありえません」

エルサが真顔になって、すっぱりと言いきりました。

「ええ、私もそう思っていますからきちんと否定したのですよ。でもおばあ様はウィリアム様に負けないくらい、私に過保護ですからまだ少し心配みたいです」

「私がそちらに行けるのでしたらいくらでも奥様と旦那様のご様子を語るのですが……」

エルサが悔しそうに言いました。

「奥様！　入浴の仕度が整いましたよ！　湯加減もばっちりです！」

「ふふっ、ありがとうございます」

アリアナの元気さはとてもありがたいです。

それから私はゆっくりと湯船に浸かり、そして、明日こそは手紙が届きますようにと願いながら眠りについたのでした。

やはり今日も手紙はありませんでした。

なんだか以前、セドリックの手紙が途切れてしまった時のことを思い出しました。あの時のセドリックが無事かどうかと揺れていた不安とはまた少し違う不安が私の胸の内に溢れていました。

「こんな時に？　あのご婦人は言い出したら聞かないものね……いいわ、客間で待つように言ってちょうだい」

お庭の薔薇園をおばあ様と散策しているとメイドさんがやって来て、おばあ様に何事かを告げました。おばあ様は嫌そうに肩を落として私を振り返りました。

「リリアーナ、わたくしは来客があるので席を外します。薔薇を見ていてもいいですが、あまり長い時間、外にいてはだめですよ。ジュリア嬢、頼みました」

そう言っておばあ様はメイドさんと共に屋敷のほうへ急いで戻って行かれました。

「どうされます？　まだお庭を散策されますか？」

「私、薔薇がとても好きなのでもう少しだけ見ていたいです」

私の言葉に護衛騎士ジュリア様は「もちろんです。でも日傘は下ろさないで下さいね」と言います。外へ出ると知ったエルサがジュリア様に朝、念を押していたからです。

「はい。ジュリア様は、薔薇はお好きですか？」

「私はどちらかというと百合の花が。実家の家紋でもありますから」

ジュリア様は伯爵家のご令嬢でもあるのです。

「でしたら、百合の花も後で……あら？」

どこからともなくポロン、ポロンとリュートの音が聞こえてきます。

切なくて物悲しい旋律を辿ると噴水の淵に腰かけて、バルドさんが演奏していました。

私とジュリア様は少し離れた場所でその演奏に聞き入ります。

哀愁の漂う旋律はいつも陽気な音楽を奏でていてくれたバルドさんとは全く違う印象を受けました。仮面で表情がよく分からない分、彼はいつも口元に様々な感情を乗せてくれていましたが、今はその唇も固く引き結ばれています。

ポロンと最後の音が、涙のように零れて静かに消えると彼はリュートの弦から手を放しました。息をついた彼がふと顔を上げて振り返ると、その口元に笑みが浮かびます。

「リィリアーナ様！　ジュリア様もいーしょで？　クラウディーア様、いないでェすね？」

きょろきょろと辺りを見回す彼に「お客様が来ているのです」と告げると納得した様子で、おいでおいでと手招きされました。

「リィリアーナ様は、何をしていたのでェすかァ？」

「薔薇を見ていたのです。そうしたらとても素敵な演奏が聞こえて、勝手に聞いてしまってすみません」

「ふふっ、いーのでェす。ボクの演奏は、聞いてもらうためにあるのーでェす」

バルドさんは立ち上がると噴水の淵にハンカチを敷いて、私に座るように言いました。

濡れないように気を付けながら腰かけるとバルドさんは私の前に立って、いつもの彼らしい明るい歌を奏でてくれました。酒場で繰り広げられる恋の歌は、陽気でとても賑やかで、その情景がありありと目に浮かぶようでした。

「本当にお上手です」

「どーいたしまァしてェ」

バルドさんは笑って、大げさなお辞儀をしました。

「リィリアーナ様、元気ないの、皆、困りまァす。ボク、いろーんな国、旅してます。経験ほーふ！　何か、悩みあったら聞きまーす」

私は「いえ」と言おうとして、言えませんでした。言葉を詰まらせた私にバルドさんは「人に話すと、楽になりまァすよ」と優しく言ってくれました。

「……旦那様と喧嘩をしてしまったのです」

「ケンカ？　リィリアーナ様が？　信じられないでェすねー」

彼は驚いたように首を傾げました。

「私も自分で驚きです。……でも、きっと旦那様はまだ怒ってらっしゃるのかもしれません。心配して下さっただけなのに、私が意地を張ったものですから」

「だから、お手紙のお返事、くれなーいですか？」

今度は私が驚いて顔を上げると「今朝、見てしまいまァした」と彼はちょっと申しわけ

なさそうに言いました。

祖父母のお気に入りである彼は本邸に自由に出入りできるので、私が手紙の有無を家令さんに確認しているのをどこかで見ていたのでしょう。

「人はねェ、すぐに言葉を忘れてしまいまァす」

バルドさんが徐に言いました。

「本当はネ、何も隠さず言葉にすれェば、すれ違いなんてなくなるのでェす。でもねェ、人は臆病だかァら、それができない時がありまァすねー」

時折、リュートの弦をはじきながらバルドさんは歌うように喋ります。

「でもボクは、それを愛しく思いまァす」

バルドさんは、仮面の向こうで目を細めました。日の光の下で見ると真っ黒だと思っていた彼の瞳は、深い深い夜のような蒼なのだと知りました。

「リィリアーナ様、旦那様、好きでェすかー？」

直球に尋ねられて恥ずかしくもありましたが「はい」と躊躇わずに頷きました。バルドさんは「いいですネー」と笑って頷きました。

「なら、諦めちゃダメでェす。もう一度、お手紙出してみるのおすすめしまァす。その時、素直な気持ち、ちゃーんと書くでェすよ」

「……はい。そうしてみます」

とんと背中を押してもらえたような気持ちになって、私は笑みを浮かべました。バルドさんはにっこり笑うと「薔薇の花にまつわる歌、ありまァすよー」と、またリュートを奏で、歌を聞かせてくれました。

その後、私はおばあ様がまだ戻られないと聞いて、一度、別館に戻ることにしました。バルドさんも一緒に別館までやって来ました。

出迎えたエルサが見慣れない存在に首を傾げていたので、バルドさんを紹介しました。

「今度、リィリアーナの侍女さんにも、歌、聞いてもらいたいでェすね」

「おじい様とおばあ様の許可が下りたら是非」

「はい。……あの、あのネ、リィリアーナ様、本当は、ボク」

笑顔で頷いたかと思ったら、少し間を置いてバルドさんが口を開きます。けれど「やっぱり何でもないでーす」と彼はいつものように笑って、リュートを奏でながら陽気に去って行きました。

それからウィリアム様にお手紙を認めました。

そして、おばあ様がもう一度、呼びに来て下さったので、昼食の後、三度目の手紙を家令さんに頼んだのでした。

ですが、それから三日経ってもやはりウィリアム様から返事は来なかったのでした。

夕食を終え、ジュリア様ととぼとぼと別館へ戻ります。

おばあ様が元気のない私をとても心配して下さっていましたが、理由など話したらますますウィリアム様の立場が悪くなってしまうことは、いくらなんでも分かっています。

「……どうしたらいいのでしょう」

「リリアーナ様……きっと、明日には」

ジュリア様が慰めて下さる言葉に私は、僅かに微笑んで頷いてみせました。

別館の玄関に今日もエルサとアリアナが私を迎えるために立っているのが見えました。

薄暗い中、二人の顔がはっきりと見えてきた時、不意に庭の茂みがガサガサと音を立て、何かが飛び出してきました。

気付くとジュリア様が剣を抜いていて、私はエルサの背に庇われ、アリアナに抱き締められていました。

「リリアーナ様を中へ！」

ジュリア様の鋭い叫びにアリアナが驚いたことに私をひょいと抱え上げました。私より背の低いアリアナにまるで子どものように抱えられたことに、現状を忘れて一瞬、呆気にとられてしまいます。

「ま、待ってくださァい。ボク、ボクでーす。バルドでェす！」

焦った声に剣を振り上げていたジュリア様がぴたりと動きを止めました。エルサが手に持っていたランタンで照らすと、そこに尻餅をついていたのは、バルドさんでした。

「お、お話、だーいじなお話、持ってきまァした！　許してくださいネー！」

おどおどとバルドさんが土下座をしそうな勢いで言いました。

「大事なお話、ですか？　一体なんの……」

「リィリアーナ様の旦那様のこと！　やっぱりボク、あなたにヒミツしたくないでェす」

バルドさんは真剣に私に訴えてきます。それにウィリアム様のことと言われては私も無下にはできません。

「エルサ、ジュリア様」

エルサはジュリア様を見ます。ジュリア様は、剣を腰の鞘に戻すと「私の部屋でなら」と頷き「失礼しました」とバルドさんに手を差し伸べました。その手を取ってバルドさんが立ち上がり、私たちは玄関脇のジュリア様のお部屋に移動したのでした。

アリアナに抱えられたまま、私はベッドに下ろされました。

「アリアナ、力持ちなのですね」

「私は奥様の護衛でもありますので！　それに奥様は羽根のように軽いので、いざという時は抱えて走りますのでご安心下さい！」

アリアナが勇ましく拳を握り締めています。まだまだ私の知らないことはたくさんあるようです。

護衛のための部屋なので、ベッドと小さな文机、備え付けのクローゼットがあるだけのお部屋ですが、綺麗に整頓されています。

私はベッドに座ったまま、エルサとアリアナが両脇に立ち、バルドさんは、唯一の椅子を私に向かい合うように置いて腰かけました。ジュリア様は、バルド様の近くに立っています。

「えぇーと、何から話しますかネー。ボク、吟遊詩人でェす。ご主人の許可がでれェば、色々な家、行きまァす」

バルドさんは慎重に話し始めました。

「今日も、クラウディーア様のお友だちの家、行きまーした。そこでこんな話、聞きまァした。んー、でもォ、その……あんまり、いい話じゃなァいでェすよ……」

「どんな、お話ですか？」

躊躇うバルドさんに先を求めるとバルドさんは、一度、深呼吸をして覚悟を決めてから口を開きます。

「リィリアーナ様の旦那さん、英雄ですネー。だから有名人でェす。お二人の結婚、王子様が約束したでェすね？」

「はい。アルフォンス王太子殿下が口添えして下さった結婚です」

私が答えるとバルドさんは、口の端を下げて「んー」と悩ましげな声を上げました。

「結論だけ、言うと……お二人はリエンすんぜん、ってみーんな言ってるでェすよ」

思わぬ言葉に私は声も出ませんでした。

「どういう意味ですか？」

私の代わりにエルサが尋ねます。

「外では、リィリアーナ様、リョーヨーじゃなくて、家出したことになってまァす。だから、やっぱり本当は、仲良しじゃなァくて、リエンするんだって、みーんな言ってまァす。王子様の約束した結婚だァから、それはいけないことなァんですよネー？」

バルドさんが私の顔色を窺うように首を傾げました。

「ウィーリアム様、色々な女の人、迫られてるらしィでェす。奥様、だーれも知らないので、本当は、嘘の結婚だァたと思ってる人、いっぱいいまァす。ボク、リィリアーナ様が哀しむの見たくないでェす。だから、教えに来まァした」

「旦那様は、そのような噂を消すとここへ来る前におっしゃっていました。失礼ですが貴方の言葉が本当だという証拠はあるのですか？」

エルサがすっと目を細めて問いかけます。

私もエルサの言葉にうんうんと頷きました。

ウィリアム様は確かに社交界で流れる不名誉な噂の話を教えてくれました。ですが、ここまで悪化していたというのは初耳です。

「噂、なかなか消えないですネー。情報シューシューしないとだめでェすよ」

「それは……その通りです。申しわけありません、奥様」

エルサが悔しそうに唇を噛み締めました。

それはそうなのですが、別館から出ることを許されていない今のエルサたちには不可能なのです。別館のありとあらゆる出入り口に朝も夜も関係なく見張りがついていて、個人的に出かけることすらできないのだと、先日、手紙が来ないことに気を落とす私のために、一度、侯爵家に戻ろうとしたエルサが教えてくれました。

「ボク以外にも、貴族の家、行ったみーんな、その話、聞いてると思いまァす。アマンダもフェリとか、ビビも、みーんなでェす」

バルドさんが挙げた名前は、子爵家に滞在する芸術家の方々の名前です。彼らが時折、他の家に演奏をしに行ったり、手品を見せに行ったりしているのは、私も知っています。

「……ボクたち、あまりにもそのお話、いっぱいなので、トラヴィス様たちにもお話ししまァした。だァから、お二人はよけーに、リィリアーナ様が心配なんだと思いまァす」

バルドさんは申しわけなさそうに言いました。

だから、おじい様とおばあ様はウィリアム様に対して、好ましくない態度をとっていたのかと少しだけ納得します。

「バルドさん、教えて下さってありがとうございます。アリアナ、今すぐ帰りの仕度をして下さい。喧嘩ですとかお手紙の返事がないとか、そんなことは言ってられません。スプリングフィールド侯爵家を私だって護りたいのです。エルサ、ジュリア様、私と一緒に本館に来て下さい。おじい様に挨拶をしに参ります。準備ができ次第、すぐに発ちます」

「はい、奥様！」

「では、すぐに参りましょう、奥様」

エルサが差し出す手を取り立ち上がって、私は力強く頷いたのでした。

私がエルサとジュリア様と共に本邸に戻ると、夕食のすぐ後だったのでおじい様もおばあ様もまだ談話室でくつろいでいました。

座るように声を掛けられますが、私は立ったまま口を開きました。

「おじい様、おばあ様、突然の訪問をお許し下さいませ」

「どうしたの、リリアーナ？」

「何かあったのか？　それにどうしてその侍女がここに？」

おじい様がエルサを見て眉を寄せます。

「この二週間、本当にお世話になりました。急ですが、今夜、私は侯爵家に戻ります」

二人が息を呑んで立ち上がりました。

「もともと、元気になるまでというお話でしたし、とある方から、私とウィリアム様の不仲説が離縁説にまで発展し社交界を賑わせていると教えていただいたのです。私の子爵家での療養を家出と勘違いしている方が大勢いらっしゃると。私は、正真正銘ウィリアム様の妻。スプリングフィールド侯爵夫人です。この不名誉な噂をそのままにするわけにはまいりませんので、侯爵家に戻ります」

「そ、そんな急に……っ」

「誰なんだ君にそんなことを教えたのは！」

おばあ様は悲鳴交じりに、おじい様は怒り交じりに声を上げました。

すると「ボクでェす」とバルドさんが、ドアの隙間から顔を出しました。おじい様が「バルド！」と怒りに任せて名を呼ぶと、バルドさんはそっと部屋に入ってきました。

「リィリアーナ様、ウィーリアム様のこと、大切にしてるの、ボク、分かりまァす。それにこの結婚、王子様が約束しました。だァから、困ったことになったらリィリアーナ様が、泣いてしまうと思ったァです。リィリアーナ様が泣くと、みーんな困りまァすね」

「バルドさん……」

睨みつけるおじい様にバルドさんは、怯みながらもそう言葉を紡いでくれました。

「リリアーナがここに滞在する許可は、他ならないスプリングフィールド侯爵本人から貰っている。それに滞在の延長許可も貰っていると言っただろう？」

おじい様が部屋の隅に控えていた家令さんに声を掛けると家令さんは一度、部屋を出てすぐに一通の手紙を持って戻って来ました。おじい様が中身を私に見せて下さいます。

『エヴァレット元子爵　トラヴィス殿

もう暫くリリアーナをそちらで預かりたいというお話ですが、変わらず護衛を付け、当家の侍女二人をそのまま共に滞在させて下さるのでしたら了承いたします。

十七年という時間は、子爵家にとってもリリアーナにとっても途方もなく長い時間であったはずです。心行くまで、家族で過ごし、少しでも悲しみや寂しさが癒えることを心より願っております。

どうか私の妻をよろしく頼みます。

スプリングフィールド侯爵　ウィリアム・ルーサーフォード』

それは何度も見たことのあるウィリアム様の筆跡でした。おじい様が手にする封筒にも侯爵家の家紋が蝋封にきっちりと示されています。

「リリアーナ、突然、帰るなんて言わないでちょうだい」

おばあ様が私の両手を握り締めます。その銀色の瞳から、ぽろぽろと涙が溢れて私の手に落ちました。

「お、おばあ様」

「貴女に会えなかったこの十七年、わたくしがどんな想いだったか……たった二週間でこの寂しさも悲しみも埋まることはないのよ……っ。貴女がいてくれるだけで、わたくしがどんなに心を救われているか……っ」

「そうだ、リリアーナ。私たちには君が必要なのだ。侯爵の許可は貰っている。それにそのくらいの噂、消すぐらいの度量を見せてもらわないと、私だって安心できない。君の夫は、優秀な男なのだろう？」

「も、もちろんです」

私はおじい様の言葉に反射的に返事をしてしまいました。

「だったら、その噂をねじ伏せるくらいの気概は見せてほしいのだ。カトリーヌと同じような目に、愛しい孫娘には絶対に遭ってほしくない。これは老いぼれた私たちの我が儘だが、リリアーナ。カトリーヌの忘れ形見である君は、私たちにとって、命より大事な宝なのだ。……だが、確かに意地悪なことをしてしまった。君の侍女二人も明日から本邸について来るといい。だからどうかまだ帰るなどと言わないでおくれ」

私とおばあ様の手を包むようにおじい様の大きな手が重ねられました。

おばあ様の手もおじい様の手もやっぱり冷たくて、深い悲しみに冷え切った心そのもののように感じ、振り払うことなどできるはずもありません。

おじい様もおばあ様も本当に私を愛して大切にしてくれているのを私は身をもって知っているのです。私が快適に過ごせるよう、二人がどれほど心を砕いて下さっているのかも。

　それにウィリアム様が許可をしているということは、バルドさんが懸念するほど深刻な状況ではないのかもしれません。

「……分かり、ました。でしたらもう少し……あと二日くらいなら」

　私がそう告げると同時におじい様におばあ様ごと抱き締められて、それ以上の言葉を紡ぐことはできなかったのでした。

　私――ウィリアムは人生でも一、二を争うほど猛烈に落ち込んでいた。

　リリアーナが帰って来てくれない。

　そして、あの日、リリアーナに投げつけてしまった言葉たちを後悔してもし足りない。

　彼女は、侯爵夫人として社交以外に私にできることは何一つないと言った。初夜の晩、私が彼女の心に突き刺した言葉のナイフでできた傷が塞がっていないのだと、改めて突き付けられたのだ。

　真面目な彼女が、子どものことを考えなかったわけがない。一番の重大な責任を負えないことを、彼女は誰にも言えないままその身に背負っているのだと。

　あのエルサにだって、彼女は言えていないに違いなかった。もし彼女がエルサに話していれば、私は間違いなくエルサに家から追い出されて、二度と会わせてもらえないだろう。それだけのことを私はリリアーナにしたのだ。

「あら、干からびてミイラにでもなりそうだねぇ」

そのわざとらしく心配そうな声に目だけを向ければ書類を脇に挟んで立つ親友は、愉快そうに目を細めて師団長室に入って来る。

「奥様がいまだにお戻りにならないので、見て分かる通り落ち込んでいるのです」

冷たい乳兄弟がしれっと言った。彼の愛妻のエルサも一緒に子爵家に行ってしまっているので、彼はここのところ機嫌が悪いのだ。フレデリックは「お茶の仕度をしてまいります」と告げて隣の部屋へ行ってしまう。

「……リリアーナが帰って来てくれない」

「そんなの一から十まで君が暴走したせいだろ。言ったでしょ、僕はほどほどにって」

「うっ……だ、だが……見舞いの品を送っても毎日手紙を出しても、返事の一つもない」

「あの女神の如き慈悲深さを誇るリリィちゃんをそこまで怒らせるなんて、ある意味、君は天才だよ。何か勲章でも用意しよう」

アルフォンスが大げさな拍手をよこす。私が睨みつけてもどこ吹く風だ。

既に深夜を回った執務室は事務官も帰らせたため、その拍手が嫌に響くほど静かだ。

「……エルサから説教の手紙も来ない」

パンッとアルフォンスの拍手が止まる。

「アリアナとジュリアからの近況報告も、リリアーナが溺愛するセドリックの手紙への返事も、母上が出した見舞いの手紙の返事も、父上とヒューゴが贈った花への礼も、クリスティーナが送り付けた果たし状への返事も、何もかもだ」

アルフォンスはじっと私を見ている。

「だが、あの真面目で律儀なリリアーナがこんな礼を欠くような行為をするわけがない」

「そうだねぇ、君じゃあるまいしね」

アルフォンスは、脇に抱えていた書類を私のデスクに投げるように置いた。

「僕もこうして調べ続けているけれど、リリィちゃんが子爵家に行ってから、君たちの不仲説は離縁寸前とまで噂の勢いが増しているよ。下火になるどころか、まるで山火事のように君たち二人の婚姻を焼き尽くすような勢いだ」

私はそれが調査報告書であると気付き、目を通す。読み進めれば進めるだけ、破り捨てたくなるような身勝手な噂が書かれている。

「リリアーナが存在していない!? 確かに女神のような女性だが、しっかり実在している！　何が契約結婚だ！　真実私たちは愛し合ってる！　第一、これはなんだ！　なんで私がまだロクサリーヌを想っているだなんてことになってるんだ！」

「そんなことを僕に言ったたってしょうがないでしょ。マリオからも君の愛人の座を狙う令嬢たちが増えてるって報告が来てるし。それに噂ってのは尾びれ背びれがつくものさ」

「……全部、懇切丁寧にお断りの返事を速攻で返しているというのに。……私の方で調べた結果も、これとそう変わりない」

私は、調査報告書をデスクに置く。

「……おそらく、これらは全てリリアーナの祖父母の耳に入っている。子爵家は、芸術家を多く抱えているから、自ら社交の場に出ずとも、情報収集はいくらでもできるはずだ」

ぐしゃぐしゃと髪をかき上げ、ため息を零す。

「特に、このロクサリーヌを想い続けているという点において、祖父殿はかなりお怒りのようだった」

「……話したの？」

「今朝はトラヴィス殿が出迎えてくれた。毎朝、家令だけだったのに……その女が忘れられないなら、リリアーナのことは忘れろとはっきりと言われた。……娘の――カトリーヌの二の舞にはさせない、と」

エイトン伯爵が妻の喪も明けぬ内に愛人を迎え入れ、その上、正妻との間の娘より数カ月年上の同い年の娘までいたというのは、悪い意味で有名な話だ。あれから十七年が経って尚、人々の記憶にはっきりと残っているほどに。

世間は、もちろん深窓の令嬢であったカトリーヌ様に同情的で、結果、現在の噂の数々もリリアーナをカトリーヌ様に準えて、憐れむ声が上がっている。

「……この数々の噂の陰で、『母親と同じ運命を辿る娘』とリリアーナが呼ばれている」

この言葉を報告に来てくれたマリオから聞いた時、怒りのあまり万年筆を一本、だめにしてしまった。

アルフォンスは、空色の瞳を僅かに細め、ただじっと私を見ている。

「リリアーナの祖父母にとって、この言葉ほど屈辱的で恐ろしいものはないだろう。それにリリアーナは、カトリーヌ様の生き写しだそうだから余計に。……この件に関して私にできることなど、何回でも何度でも、彼らに頭を下げて、そして、リリアーナへの愛情が本物であると訴え続けることだけだ。まあ、今日の夕方はトラヴィス殿は出て来てもくれなかったがな。そんなこともあろうかと、どれほどリリアーナを愛しているかを書いた論文を家令に預けてきた」

「……まあ、そこはね、たとえ僕がでしゃばったとしても、意味のないことだから、君が誠心誠意、向き合っていくしかないことだろうね。ただ論文は、予想外、ぶっ、」

「だが、他に解決すべき問題は多々ある。……お前が口添えしてくれた結婚を私が反故にし、お前と決別するという想像を楽しんでいる馬鹿がいる。英雄派と王太子派という派閥でも作りたいのか、そいつらも不仲説をより一層、盛り上げてくれているんだ」

アルフォンスが噴き出しそうになるのを止めるため、話題を逸らす。彼は、一度、笑いのツボにはまると抜け出すまでが長いのだ。

「僕と君は志を同じくする友だっていうのに。……でも、肝心の出所が曖昧なんだよねぇ」

アルフォンスがやれやれと肩を竦める。

「ああ。そこまで調べがつくのに、どこの誰がどういう目的で最初にこの噂を流し始めたのかが分からない。噂の出所が、全くの不明なんだ。同時期に一気にぶわりと溢れている」

最初は、リリアーナの実父・エイトン伯爵やマーガレット嬢を疑ったが、二人は今のところ非常に大人しくしている。

「案外、エヴァレット子爵家が大元だったりして。既に引退されているとは言え、トラヴィス殿は優秀な人だ。その息子である現子爵もね。愛する孫娘を君から奪ってしまうには手段を問わないかもよ？　カトリーヌ様のことを想えば、たとえ、王家の不興を買ったとしても、リリィちゃんを護ろうとするかもしれない」

「怪しいのはやはり子爵家に滞在する芸術家たちだ。彼らは要請があり、子爵家が許可すれば他家に行って、演奏し、芸を見せ、踊る。噂を集めるのはもちろんだが、逆に拡散させるにももってこいの存在だ。だが……全員、身元に不審な点がない。中にはカトリーヌ様が存命の頃から子爵に世話になっている者もいて、子爵家からの信頼は絶大なものだ。

これは良くも悪くも厄介な点だ」

「そうだね。信頼と心配とお節介は度がすぎると厄介を産むからねぇ」

「マリオにはより深く全てを晒し出す勢いで、彼らの身辺調査を再度依頼してある」

「そう。ならせめて、その報告を待ってみようか。もちろん、それ以外でもあれこれしてみるけどね」

「ああ。すまない、ありがとう」

「言ったでしょう？　リリィちゃんは僕の恩人を救ってくれた、大恩人なんだって。でも、会えないのは不安だねぇ。そうだ、僕が行こうか」

「やめろ、話がややこしくなる。それにその件については、もっと適任な人物がいる」

「え、誰？　君を門前払いする子爵家が門前払いできない人間なんて……」

「いるだろう？　私たちの事情を知っていて、口が堅くて、権力があって、リリアーナを溺愛し、自称お父様と名乗る公爵閣下が」

「まさか適任者って、ガウェイン殿のこと？」

アルフォンスは同族嫌悪ではないが、ガウェイン殿をちょっと目の敵にしている。

何故か私の義弟であるセドリックを溺愛するアルフォンスは、ガウェイン殿がアルフォンスより先にセドリックとお泊まり会（開催場所：公爵家）をしたのを根に持っているのだ。

「リリアーナのお父様という件はともかく、ガウェイン殿以上の適任者はいない。臣籍降下しているとはいえ、クレアシオンの名を戴く彼を無下にはできまい。ちなみにガウェイン殿から了承の返事は既に貰っている。彼には、リリアーナが元気でやっているかどうか、確認してもらうだけだ。結局、トラヴィス殿の気が収まらなければ、リリアーナは返してもらえない。強引に攫うことだってできるだろうが、彼女の大事な祖父母にそんなことはしたくない。彼女だってきっと悲しむ。私はこれ以上、彼らを裏切らないように、誠心誠意、尽くすだけだよ」

アルフォンスは、何か言いたそうに口を開いたが、彼以上の適任者は思い浮かばなかったのだろう。嫌そうに頷いた。

「分かった。確かに彼が適任だ。彼ならリリィちゃんの不利になるようなことは絶対にしないだろうしね」

「ああ。ガウェイン殿は本当にリリアーナを大事にして下さっている。リリアーナもだからこそ、彼を父と慕っているんだ」

「そうだね。まあ、彼も奥方を失くされて抜け殻のようだったのが、リリィちゃんとセディのおかげで生き生きとしているしね」

「ああ。調査報告書、ありがとう。まだ仕事があるのか？」

「そりゃあね。全くどうして社交期はこんなに忙しいのか。でも要件はそれだけじゃない。私はもう一つ君に用があって来たんだ……これは『命令』だよ、スプリングフィールド侯爵ウィリアム・ルーサーフォード」

アルフォンスの纏う空気が王太子のものになる。

「今期の終わりの舞踏会、リリアーナ夫人を伴い、必ず出席するように」

空色の瞳はにんまりと猫のように細められた。

「王太子である私が、命を賭して国を護った英雄たる忠臣のために結んだ婚姻に泥を塗り込むような真似をしている馬鹿どもを炙り出す」

「だ、だが……」

「千の言葉を紡ぐより、たった一つの真実が有効な場合もある。君たちがどれだけ想い合い、愛し合う夫婦であるかを実際に目にすれば、この噂たちは、雨に降られた山火事のようにすぐに鎮火する。いいな、これは『命令』だ。スプリングフィールド侯爵。さっさと認めてもらって、夫人を返してもらうんだ」

否を言わせぬ空気に私は、胸に手を当て騎士の礼をとる。

「……お心のままに」

「ま、そう重く考えないでよ」

またいつものアルフォンスに戻って、ころころと笑う。時折、本当に同一人物か私でさえ自信がなくなる時がある。

「リリィちゃんが自分で帰って来てくれるかもしれないじゃない。それに社交なんてね、先に釘を刺した者勝ち。彼女に必要以上に近寄らないように牽制すればいいんだよ」

「だが、リリアーナは社交の世界に出ることを望んでいる」

「だーかーら、数を制限すればいいでしょ。リリィちゃんだって自分の体の限界を誰より分かっているはずだよ。連日連夜のパーティーや茶会に出られるはずもないってね。だからその中で、リリィちゃんの体を想ってくれる人物を、君たち夫婦を真に応援してくれる者たちを、篩にかけて見つけ出せばいい。それは僕らより人生経験豊富な君のご両親が力を貸してくれるはずさ。そうだろう、ウィリアム」

　リリアーナが苦労すること、無理することばかりを考えていて視野が狭くなっていたのをまざまざと突き付けられた気分だった。

　そうだ、護り方は一つではないのだ。

「……ありがとう、アル」

「どういたしまして。お礼はリリィちゃんお手製のアップルパイね」

「ちゃっかりしてるな」

「僕は、リリィちゃんのアップルパイと同じくらい君たち夫婦が大好きだからね」

　そう言ってアルフォンスは、私が一番よく知る親友の顔で、優しく笑った。

第五章　遺された愛と後悔

「本当によく似ておいでですね」

「奥様の肖像画かと思っちゃいました」

祖父母に来客があり、時間が空いたので私は、三日前から本邸に入ることを許可されたエルサとアリアナ、そしてジュリア様と庭先で会ったバルドさんと共に家族の間と呼ばれている部屋に来ています。

ここにはエヴァレット子爵家の方々の肖像画が何世代にもわたって飾られています。

私たちが今、見上げているのはカトリーヌ様の肖像画です。

「やっぱりクレアシオン王国でも有名な美貌の一族は、肖像画でも迫力がありますね。ここへ嫁ぐには勇気がいりそうです」

アリアナが漏らす個性的な感想に思わず笑ってしまいます。

「……でも本当に、よく似ておいでですね」

しみじみと同じ言葉を繰り返すエルサにつられるように私も母を見上げます。

「いつかウィリアム様とも一緒に見られたらいいのですが……」

ここへ来て母のことを知られて、とても嬉しくはあるのですが、まだどこか遠い人のように感じるのです。

「私の髪は父方の祖母譲りですが、それ以外は本当にお母様、ひいてはおばあ様譲りだったのだと知られて、嬉しくもあります。この髪もセディと同じ色なので大切ですが」

「奥様のお母様はどんな方なのですか？」

アリアナが無邪気に尋ねてきます。

「病弱で穏やかな方だったということくらいしか。おじい様とおばあ様は、お母様の話をなさる時、とても悲しそうな目をするのです」

「うっ、す、すみません」

慌てて謝るアリアナに「いいのですよ」と笑って、彼女の肩を撫でます。

「トラヴィス殿はァ、きびしー人ですが、カトリーヌ様にだけは甘くて、それはそれは溺愛されていたんだァと、ふるーい、メイドさんが教えてくれまァした」

うろうろと肖像画を見て回っていたバルドさんがおじい様とおばあ様の描かれた肖像画を見上げて言いました。

「愛するクラウディーア様にそっくりな娘のことを何より愛していたそうでェす。クラウディーア様もカトリーヌ様をとてもとーっても大事にしていたそうでェす。だからァ、若くして天国に行ってしまったこと、まーだ悲しいのでェす」

そう言って彼は今日の相棒である竪琴を奏で、愛する人の死を悼む歌を口ずさみ始めました。バルドさんは、気分次第で急に歌いだすので初めて見るエルサとアリアナが驚いていましたが、その美しい歌声にいつの間にか私たちは聞き入っていました。

おじい様もおばあ様も私を見ながら、私の中にカトリーヌ様を見ているように感じる時がありました。

『カトリーヌは、こういうものが好きだったのよ』

時折、おばあ様がこう口にすることがありました。

私が「素敵ですね」と言うとほっとしたように笑って下さるのですが、あまり反応が良くないと分かると、ひっそりと落胆されているように感じます。

きっと、おばあ様は私の中にどうにか「娘のカトリーヌ」を見出そうとしているのかもしれません。でもこれだけそっくりだと、仕方がないのかもしれません。

あと二日と言った私ですが、その二日後の夜、帰ろうと思いますと告げると祖父母に「まだ帰らないでくれ」と泣かれてしまい、帰るに帰れないままなのです。これまでも何度か、帰りたい旨は伝えていましたが、色々と理由をつけて断られることはあっても、泣かれてしまっては強く言えません。

「人の死は、時としていつも、いつまーでも、悲しみを遺すのォです」

歌い終えたバルドさんがぽつりと呟きました。

「愛、どの国行っても、たーくさん歌あります。死も同じだけ、色んな歌、あります」

「愛とは、難しいですね」

「そうでェす、世界でいっちばん、難しいィ問題でェすね」

私の呟きを拾ってバルドさんが頷きました。

「ボクの生まれた国は、海に面するちーさな国でェしたが、戦争でなくなってしまいまァした。でも、あの国を愛する心を僕は、まァだ、忘れられませェんねー」

バルドさんがぽつりと漏らしました。

愛について考えていると、私のウィリアム様への愛の示し方も間違っていたのかもしれないように思えてきました。

結局、私はウィリアム様のため、とそう口にしながら、もしかしたら、ただ自分が安心したかっただけなのだと、そう思うのです。

「リリアーナ」

「おばあ様、お客様は帰られたのですか」

「ええ。今からおじい様と一緒に人形劇を見ましょう」

おばあ様が「いらっしゃい」と入り口で私を呼びます。おばあ様はこの部屋には入りません。事情を知っているジュリア様がおばあ様が来た時点で、お母様の肖像画にかけられていたカーテンを下ろしています。おばあ様もおじい様も、お母様の肖像画を今も見られないのです。ここに連れて来てくれたのは、バルドさんでした。

「バルド、午後はミッドマイヤー家に出かけるのでしたね。粗相をしないようにね」

廊下へと出るとおばあ様がふらふらとどこかへ行こうとしていたバルドさんに声を掛けました。バルドさんは「もっちろんでェす」と歌うように答えて去って行きました。

「吟遊詩人は、ああいう自由な方が多いのですか？」

「わたくしが知る限りだと、ああいう方が多いわ。世界を渡り歩くほど自由が好きだからかしらね」

そう言って歩き出したおばあ様は「人形劇だけれど、大人が見ても楽しいのよ」と楽しそうに話し始め、私はおばあ様の言葉に耳を傾け、時折、相槌を打つのでした。


エヴァレット子爵家へ滞在し、いよいよ三週間が過ぎました。

出席できるか否かはまだ分かりませんが、終わりの舞踏会への準備だって必要ははずです。それとなく毎日、帰宅の件を切り出すのですが、あれこれ理由をつけてなかなか承諾してもらえないのです。

「……エルサもフレデリックさんに会いたいでしょうに、ごめんなさい」

今日こそはと勇気を振り絞り、いつもの「帰りたいのですが」ではなく「帰ります」と断定の形で切り出したら、遂におばあ様が倒れてしまいました。ショックのあまりの貧血だと言われても、倒れられては、やはり私には強く言えません。

「大丈夫でございます、私には奥様がおりますので」

エルサがにっこりと笑って言いました。その気遣いに笑みを返すも、上手く笑えず視線を落としました。

「……正直なところあまりにも何もなくて、帰っていいのかも分からなくなってきました」

実は、ウィリアム様宛ての滞在延長のお礼の手紙と一緒にセドリックとお義母様にも長い間、家を離れてしまっていることに対するお詫びのお手紙を送ったのですが、音沙汰はありませんでした。

セドリックから手紙の返事がないことは、ある意味、ウィリアム様から返事がないことよりもショックでした。

「奥様、明日こそ、このアリアナ、なんとか抜け出して侯爵家の様子を見に行ってまいりますので、待っていて下さいね」

「で、ですが……怪我をしたら大変です。今日だって……」

今日、アリアナは子爵家からの脱出を試みたのですが、敷地を取り囲む柵を越えたところで護衛に見つかり、まるで子猫のように首根っこを摑まれて戻って来たのです。

「うっ、奥様にはお恥ずかしいところを見られてしまいました。ですが、次こそはもっと上手くやりますので、ご安心下さいませ！」

「ダメです。アリアナ、貴女は私の大事な侍女なのですから、無茶をしてはいけません」

「……奥様。ですが、これでは軟禁です。私たちまで侯爵家と連絡が取れないなんて、いくら私でも異常だと分かります」

しょぼんと眉を下げたアリアナの頰を私はそっと撫でます。

「ごめんなさい。アリアナ……私がもっと侯爵夫人として立派であれば、おじい様とおばあ様だって安心して下さっていたはずです。私が未熟であるが故に不安が大きくなって、侯爵家の皆さんをおじい様たちは誤解してしまっているのかもしれません」

「奥様、決してそのようなことはございません。奥様は本当に強くなられました。バルド様からお話を聞いた後、おじい様方に毅然と宣言されたお姿にエルサは感動いたしました」

「でも……結局、帰れないままです」

「私は奥様が泣き縋るおばあ様を振り払えないことこそが、奥様の美点だと思っております。当家の旦那様も、奥様のその優しさに癒され、今、幸せだと笑っておられるのです」

エルサの言葉がじんわりと胸に沁みます。アリアナが「私もそう思います」と私の手を取り握りながら言いました。

「ありがとう。……やっぱり今からもう一度、おばあ様に会いに行きます。流石に今日はもう帰るとは言えませんけど、大事なおばあ様ですからお傍にいようと思います」

「ええ、奥様。私たちも一緒に参ります」

そう言って笑ってくれた二人と共に私は、また本邸へ戻ると、そこには予想外の人物が私たちを待ち受けていました。

「お姉様！」

「セ、セディ！」

本邸に戻って家令さんに案内されたのは、おばあ様の部屋ではなく客間でした。

そこになんとセドリック、ガウェイン様、クリスティーナ様がいたのです。

客間のドアが閉まると同時に私は抱き着いてきたセドリックを受け止め、力の限り抱き締め返します。

「リリィお姉様、会いたかった。どうしてお手紙のお返事をくれなかったの？」

泣きそうになりながらセドリックが訴えてくる言葉に目を瞠ります。

「セディ、それはどういう……」

「リリアーナ嬢！」

ですが、私がセドリックの言葉の意味を尋ねるより早くクリスティーナ様に名前を呼ばれて顔を上げます。

「私との勝負に決着が着いていないのも大変、遺憾ですが、そんなことよりお兄様からのお手紙を無視するとはどういう了見ですか！」

思いがけない言葉に息を呑みました。

「それにお忙しいお兄様が毎朝毎晩、お顔を見に立ち寄って下さっているのに顔も見せないなんて、子どもではないのですからそんな真似はおよしなさい！　おかげで、社交界ではお二人の結婚は破綻寸前だという話題で持ち切りですのよ⁉　誇り高きスプリングフィールド侯爵家の夫人として恥ずかしくないのですか！」

クリスティーナ様のお言葉に声も出ずに茫然としているとエルサが口を開きました。

「お待ち下さいませ、お嬢様。ここへ来てから三週間以上経ちますが、その間、一通も私たちの下に手紙は届いておりません。そもそも旦那様がここへ来ていたことを奥様も私たちも、今、初めて知りました」

今度はクリスティーナ様が目を瞬きました。エルサの言葉を肯定する意味で私もアリアナもジュリア様も首肯を返します。

「……どういう、ことですの？」

クリスティーナ様が黙って成り行きを見守っていたガウェイン様に顔を向け、私たちも彼に顔を向けます。

「やはりね……ウィリアム君が想像していた通りのことが起きているようだ」

そう言ってガウェイン様は、苦笑を零しました。

とりあえず座りなさいと促されて、私はセドリックと並んでソファに座ります。クリスティーナ様も私の隣に座りました。

「ウィリアム君が何通も君に手紙を出していたことも何度もここへ足を運んでいたのも事実だよ。可能な限り毎朝毎晩。だが、一度も君や、それどころかそこの侍女さんたちにもウィリアム君の部下でもあるはずのジュリア嬢にも会わせてもらえなかったそうだ」

「で、ですがおじい様はそんなことは一言も……」

「…………君のおじい様とおばあ様は、君たちを離縁させたがっている」

「離縁？　そ、そんなことになればウィリアム様のお立場が……っ」

ウィリアム様はこの国にとって重要な立場の方です。そのウィリアム様が親友でもある王太子殿下の信頼を裏切るような事態になれば、ただで済むわけがありません。

「ウィリアム君が離縁届けにサインするわけがないのだから大丈夫だよ。だが、立場上、あまりいい状況とは言えない。だから私はね、王太子の命でここにいるんだよ。まあ、セディを連れてきたのは、私の個人的判断だけどね」

「私、まさか王太子殿下の命とは知らず、貴女に一言申そうと勝手について来てしまいましたわ」

クリスティーナ様が申しわけなさそうに言うと、ガウェイン様は「大丈夫だよ。君はリリアーナの義妹（いもうと）なんだから」と穏やかに目を細めました。

「王太子からの命令は、終わりの舞踏会にウィリアム君と出席し、馬鹿馬鹿しい不仲説や侯爵夫人が存在しない説を一蹴（いっしゅう）しろとのことだ。流石の子爵家もウィリアム君には強く出られても私やアルフォンス殿下には、逆らえないからね。そうだろう？　エヴァレット元子爵殿」

　ガウェイン様がすっと細めた目をドアのほうへと向けました。

　そこには全ての感情を失（な）くしてしまったかのような顔で立（た）ち尽（つ）くすおじい様がいました。

「おじい様」

「……全て、聞いたのか、リリアーナ」

　私は躊躇（ためら）いながらも頷きました。

　おじい様は微（かす）かに目を細めると、後ろへ視線をやりました。するとトレーの上に大量の手紙の束を乗せた家令さんが姿を現しました。

「おじい様、それは……」

「侯爵家からの君宛ての手紙だ。気付いていたかもしれないが、全て私が止めていた」

　いくら私でもそこを疑わなかったわけではありません。でも、私を愛してくれるおじい様を疑いきれなかったのも事実です。

　山盛りの手紙がテーブルの上に置かれました。

　ウィリアム様からのものがほとんどですが、お義母様やセドリック、クリスティーナ様からのものもあります。そして、私がウィリアム様たちに出したはずの何通かの手紙が、そこにありました。

「私たちは、君が嫁いですぐに君の夫に面会を申し込んだ。何度も、何度もだ。だが、返事は全て否。その上、君と侯爵は、不仲でこのままでは離縁なのではと囁かれている始末。そもそも結婚でさえ、人伝に聞いたんだ」

「……わたくしたちがどれほど心を痛めたと思いますか」

　おじい様の後ろからおばあ様が現れました。おばあ様は、紙のように真っ白な顔で、私を見つめています。

「……貴女がオールウィン家にいる間も何度会いたいと願ってもその願いは叶わなかったわ。でもあの家を出た今度こそは、と……それでも一年が経って不仲説が消え、貴女が孤児院に出かけるようになったことや、侯爵様が毎日帰宅されるようになったこと、騎士団では仲の良い二人の姿を見られること、そういうお話を聞いて、今、幸せならば、私たちの出る幕はないと諦めたのよ。でも……また不仲説が聞こえるようになったわ」

「君はほとんど外へ出て来ないから元気なのかどうかも分からない。その上、伯爵家を巻き込む事件まで起きた。私たちがどれほど心配したことか……だが……」

　おじい様はそこで言葉を切って、テーブルの上の手紙に視線を向けました。

「侯爵殿は、毎日毎日、君に会いに来た。私がどれだけ無礼に断っても、君に手紙を託して行った。……リリアーナ、君は彼の下で幸せなのだろう？」

「はい。世界で一番、私を幸せにしてくれるのはウィリアム様です」

おじい様は私の答えに微かに目を細めて、微笑んだように見えました。

「試すような真似をしてしまったが、どうしても十七年間、会えなかった寂しさが認めるのを拒否してしまっていた。だが……そうだな、もう認めなければ」

「わたくしは、認められませんわ……っ！」

おばあ様の悲痛な叫びが客間に響き渡りました。

「言葉ではなんとも言えるわ……っ。でも、結婚した直後から一年、侯爵様がリリアーナを省みなかったのは事実でございましょう⁉ 忙しさ？ 病弱？ すれ違い？ 女性不信で女嫌いのあの方がリリアーナを拒否していたことをわたくしが知らないと思っているのですか⁉ 病気で急逝した婚約者を想い続けて縁談を拒否していた男の下に……どうしてそんな男の下へ、カトリーヌの忘れ形見であるリリアーナを返せるの……！ カトリーヌの二の舞は二度とっ、二度とごめんですわ……っ」

「クラウディア。それでも今、リリアーナは幸せなのだ」

おじい様が諭すように紡いだ言葉もおばあ様の心には届かなかったのか、おばあ様は「認められませんっ」と叫んで、部屋を飛び出して行ってしまいました。おじい様は、家令さんに追いかけるように言い、目を伏せました。

「……クラウディアは、カトリーヌが若くして亡くなってしまったことを、いまだに信じられないのだ。リリアーナ、君は本当にカトリーヌによく似ている。あの茶会で十七年ぶりに君を見た時、まるでカトリーヌが帰って来てくれたかのように思ってしまったほどだ」

おじい様が私の傍にやってきて、そっと私の頬を冷たい手で包み込みました。

「クラウディアは、カトリーヌが亡くなってからほとんど笑わなかったのに、君がこの家に来てくれてからは、本当に楽しそうだった。だが、君はもう侯爵夫人。私たちは、君が背負う責任を見ないふりをしていた。……迎えに来てくれたのだ、公爵閣下と共に帰りなさい。リリアーナ、会えて本当に嬉しかった。私たちは領地に下がり、もうここへ戻って来ることはないだろう。だがいつだって君の幸せを願っているよ」

「おじい様、そんな……っ」

「セドリック君、長いこと姉上を引きとめてしまって悪かったね。クリスティーナ嬢も心配をかけてしまった。……公爵閣下、大変な無礼をどうぞお許し下さい、全ての罰は私が受けます故、どうか……リリアーナを頼みます」

おじい様は、そう告げると「クラウディアを一人にはしておけない」と客間を出て行ってしまいました。

　バタン、とドアの閉まる音が虚しく響きます。

「……姉様、大丈夫？」

　セドリックが私の手を握り締めてくれます。

　大丈夫だと言おうとしたのに、舌がもつれて動きません。

「トラヴィス殿やクラウディア夫人の気持ちも分からないでもないがね」

　目だけを向ければ、ガウェイン様は寂しげに微笑んでいました。

「愛する人の死を受け入れることは、途方もなく難しいことだよ。突然、失うと余計にね」

　きっと、今、ガウェイン様の脳裏には、突然の病に連れ去られてしまった最愛の奥様のお姿が浮かんでいるのでしょう。

「それにお世辞にもカトリーヌ夫人の結婚は、幸せとは言いがたかっただろう。嫁いだ夫には既に愛する人がいたのだから。だから……元婚約者を忘れられずウィリアム君が君を放置していたことが余計に許せないんだ。それに君は、カトリーヌ夫人にそっくりだから、彼女の身を襲った不幸が君のことも襲うのではと気が気ではないのだよ」

「でも、私はウィリアム様と共にあれることが、幸せなのです……」

「でしたら、どうしてそれをもっと真剣に伝えないのですか！」

　弾かれたように振り返れば、クリスティーナ様の緑の瞳は、剣のように鋭く真っ直ぐ私を射貫きました。

「貴女のおじい様とおばあ様が喪ったのは、愛する娘です。まだ若く、貴女だって産まれたばかりで……その悲しみは、私なんかでは想像もできないほどのものでしょう。でも、それで悲しみにうずくまったままでいて、何になるというの！」

クリスティーナ様の手が私の両肩に乗せられました。ぐいっと体の向きを変えられて、私はクリスティーナ様と真正面から向かい合います。

「いいですか、リリアーナ嬢。私たち人間は、生きている限り前に進むことしかできないのです。どれだけ後ろを振り返っても、戻ることはどうやってもできないのです。たとえ死んだとしてもです。だから、貴女がおじい様とおばあ様を立ち上がらせてあげなさい」

「……私が、ですか？」

「今の貴女は、うずくまるおじい様とおばあ様をただ見ているだけですわ。悲しみに同調し、帰らないでと泣き縋るおばあ様を、ただ見ているだけ。でも、それで何になりますの。誰も幸せになんてなれませんわ。貴女は……私のお兄様を立ち直らせて下さったじゃないですか。数々の勝負を通して貴女を知る内に実感したのです。婚約者であったロクサリーヌお姉様を喪い、その後釜を狙う令嬢たちに心を疲弊させ、全てを拒んだお兄様は、貴女が差し出した、この手を取ったのです」

私の肩を離し、クリスティーナ様は私の手を握り締めました。

「ウィリアム様は、ご自分で立ち上がったのです。私はただ傍にいただけです」

「結局最後は、自分の足で立ち上がらなければならないのです。人に立たせてもらったのでは、きっとすぐにしゃがみこんでしまう。でも……差し出された手を頼りに立ち上がることは、いけないことではないはずですわ」

私の手を包む温かな手に、ウィリアム様の力強い手を思い出しました。

継母に怯えてうずくまっていた私にウィリアム様はいつも手を差し伸べて下さっていました。

でも、そうなのです。私はその手を取って、ウィリアム様やエルサやたくさんの人の優しさを頼りに、最後には自分で立ち上がり、継母と向き合うことができたのです。

「カトリーヌ様にそっくりだという貴女だから、いえ、貴女にしかおじい様とおばあ様を立ち上がらせることはできないのです。見ているだけなんて無駄なことをしていないで、言葉を尽くしなさい。行動を起こすのです。ただ立ち上がるのを待っているだけでは、何も変わらないのですわ」

その瞳は、ウィリアム様と色は違うのに、同じだけ真っ直ぐで、そして優しい色をしていました。

「リリアーナ」

ガウェイン様が柔らかに私の名前を呼びました。

「私はね、王太子からの命でここへ来たけれど、君が元気か見に来ただけで、迎えに来たわけではないんだよ。もちろん、私やセディと一緒に帰ってもいいんだがね。ウィリアム君も、君をここから連れ去ろうと思えばきっと簡単にできる。でもそうしないのは、君を大切に想う祖父母と君を悲しませたくないからだ。だから彼は、君に会わせてもらえなくても、君のおじい様やおばあ様に認めてもらいたくて、ここに通っていたんだ」

ガウェイン様のお言葉に胸がいっぱいになりました。私の旦那様は、いつだって誠実に私を愛して下さるのを改めて実感したのです。

私は一度、クリスティーナ様の手を握り返して微笑みました。クリスティーナ様は、そんな私に満足そうに頷くと手を放して下さいました。

隣で事の成り行きを大人しく見守っていてくれた最愛の弟に私は向き直ります。

「セディ、あと一日だけ、侯爵家で待っていて下さい。私は、明日、帰ります」

セドリックは、数秒の間を置いてにこっと笑うと私を抱き締めてくれました。

「僕は義兄様（にいさま）と一緒に待ってるよ。頑張（がんば）ってね、姉様」

「ありがとうございます、セディ」

私はセドリックを抱き締め返し、額にキスをして離れました。

そして、ガウェイン様に向き合います。

「お父様、会いに来て下さってありがとうございます。私は、おばあ様とおじい様のことが大好きです。だから、このままでは終わりたくないのです。今夜一晩で私は、ウィリアム様に愛されているのだと、幸せなのだと納得してもらい、自分の足で帰ります」

「分かった。ウィリアム君には、そう伝えておこう。私の娘は見ない間に、ぐんと成長しているから、いつも驚かせられるよ。リリアーナ、君の優しさは必ず伝わるよ」

「ありがとうございます、お父様」

「さあ、そうと決まれば私たちは帰りますわ。貴女からのこのお手紙は、私がお兄様たちに渡しておきます」

「クリスティーナ様、もう一通だけお願いできますか？　今すぐに用意しますので」

テーブルの上の私が書いた手紙の束を取ったクリスティーナ様にお願いすると、クリスティーナ様は「しょうがないですわね」と言って下さいました。

私は早速、別館に戻って手紙を認めようとすると、エルサはどこからともなくレターセットを取り出して、アリアナがペンとインクを差し出していました。

「奥様、こちらにご用意がございます」

「ペンもばっちりですよ！」

「ありがとうございます。やっぱり二人は私の自慢の侍女です」

お礼を言うと二人は「光栄でございます、奥様」と口を揃えました。

なんだか上手く言葉がまとまらないですが、それでも心が思うままにどうにか文字を綴りました。

　私が手紙を書いている間にエルサが用意してくれた蝋で封をして、それが固まるのを待ちクリスティーナ様に渡しました。

「必ずお兄様に渡しますわ。私との勝負があるのですからさっさと帰って来るのですよ」

　そう言ってクリスティーナ様は、いつも通りつんとそっぽを向いて客間を出て行ってしまいました。

「ウィリアム君に似て真っ直ぐな女性だね」

「クリスティーナお姉様は、優しい方ですよ」

　ガウェイン様と手を繋ぐセドリックが言いました。

「そうだね。本当に。ではリリアーナ、健闘を祈るよ。見送りはいいからね」

「はい、お父様。セドリック、良い子で待っていて下さいね」

「はーい、リリィ姉様」

　セドリックは、ガウェイン様の手を引き、客間を出て行きました。入れ違いになるように廊下で待っていて下さったジュリア様が部屋に入ってきます。

　私は、急に静かになった部屋でテーブルの上の手紙の束に手を伸ばしました。

　ウィリアムという文字を指先で辿ります。

「……きっと、今すぐに行ってもおばあ様は私と会って下さらないでしょう。和解には時間を置くのも必要だとお義母様が言っていたのです。このお手紙を読み終えたら夕食の時間。その時には落ち着いていると思うのです。多分、ですけれど」

「そうですね。クラウディア様もきっと心の整理を付けたいはずです」

「ありがとうございます。それと皆さんにお願いがあるのですが、いいですか？」

もちろんです、と返ってきた返事にお礼を言って私は、エルサにはおじい様にあと一晩だけ滞在すること、夕食を一緒にとりたいことを伝えるように頼み、アリアナには帰りの仕度(したく)をしておくことを頼み、ジュリア様には馬車の用意を頼みました。

私を一人にするわけにはいかないとエルサが戻るのを待って、二人はそれぞれの任務を全うするために出て行きました。

私は、長い時間がかかるだろうからとエルサに座るように促しました。

「……エルサ」

手紙を読む前に私は、ようやく気付いたおばあ様の心配事をエルサに話そうと口を開きました。エルサがじっと私の言葉を待っています。

「……おばあ様がウィリアム様は他に想う女性がいるのではと心配していましたが、あれは……ロクサリーヌ様のことだったのですね」

「私も先ほど気が付きました。私たちは、真実を知っておりますから……」

「だからこそ、おばあ様の言う女性がロクサリーヌ様だとは思いもしませんでした」

私はロクサリーヌ様のしたことも、彼女が生きていることも、ウィリアム様がもう彼女には心を残していないことも、他ならないウィリアム様自身から聞いて知っています。

ですが、私と結婚する前、全ての縁談を拒否していたウィリアム様は、表向き病で亡くなったロクサリーヌ様に操を立てているのだと思われていたのです。きっと、おばあ様やおじい様だって、そのお話を知っていて、当たり前のようにそう信じているのです。実の妹であるクリスティーナ様でさえ、そう信じているのですから。

それが、愛人に入れあげて前妻をないがしろにしていたエイトン伯爵――私の父を連想させるには充分なのだと、私は今になってようやく気付いたのです。

私にカトリーヌ様の面影を重ねる二人にとって、他の女性を想う夫は、どれほど憎い存在でしたでしょうか。

私は本当にただ見ているだけでした。クリスティーナ様の言葉のように、悲しみばかりに気を取られず、もっと踏み込めばよかったのです。

「……それでも私は、伝えなければなりません。ウィリアム様が愛しているのは私だけで、私もウィリアム様だけを愛しているのだと」

エルサは私の言葉に穏やかに微笑んで頷いてくれました。

私は、その微笑みに背を押されるようにウィリアム様の手紙の封を切ります。

『愛するリリアーナへ』

　彼の膝の上で眺める書類仕事の際に見慣れた筆跡が私の名前を綴っています。

『まだ熱が高いと子爵家の家令に聞いたよ。』

　これはきっと私が子爵家に来て寝込んでから来たお手紙でしょう。

『傍に行けないことが、今、とてつもなく悔しいよ。

　今すぐ鳥になって空を飛んで、君の隣に降り立ちたいよ。

　それか君の苦しみを私が引き受けることができたらいいのに。心からそう思うよ。私は鍛えているし頑丈だから風邪だってすぐに治る自信があるからね。

　愛するリィナ、どうか君が一日でも早くよくなりますように。

君の愛するウィリアムより』

　何度も読み返したいのに、文字が滲んでよく見えません。

ウィリアム様が変わらず私を想っていて下さったことが嬉しくて、嬉しくて、ですが、やっぱり何よりも一つ一つの文字が愛おしくて涙が零れるのです。

私はハンカチで涙を拭って、おそらく毎日、届けられていたのだろうたくさんの手紙を次々に読みました。

最初に届いた手紙には謝罪の言葉が、滞在の延長を許可したというお手紙にはおじい様やおばあ様と過ごす日々を尋ねる言葉が、最近のものと思われる手紙には帰って来てくれ、寂しいと素直なお気持ちが綴られていました。

「奥様は本当に愛されておいでですね。私への状況報告を求める手紙に、奥様へのお手紙が忍んでおりましたよ」

そう言っていつの間にか戻って来ていたジュリア様が私へ小さな紙を差し出しました。するとエルサとアリアナが「私のにもです」と同じような紙を差し出します。

見れば『頼む。帰って来てくれ、君がいないと生きていけないんだ』と短い文字が綴られていました。

「ウィリアム様ったら……私の旦那様は、少し子どものようなところがあるのですが、そこがとびきり可愛らしくて、愛しい方なのです」

私はその小さな紙を抱き締めます。

それだけで、心の奥底から勇気が湧き上がってくるのです。

「お二人の仲が大変よろしいのは、王都にいる騎士は皆知っていますよ」

「私たちだって知っていますよ、ね、エルサ！」

「ああっ、今日も私の奥様がこんなにもお可愛らしい！」

エルサのいつものセリフを聞いて、私たちは思わず笑い合うのでした。

「リリアーナから!?」

何故かガウェイン殿と共に騎士団にやってきたクリスティーナが差し出してきたのは、待ちに待ったリリアーナからの手紙だった。

私は、はやる気持ちを抑えながらゆっくりと封筒から手紙を取り出す。だが、何が書いてあるのかと不安になって手が止まる。

「……離縁しようとかだったら、どうしよう」

「素直に応じて差し上げるのも誠意でございますよ、旦那様」

フレデリックが冷たく言い放った。エルサから手紙がないので八つ当たりに違いない。

「馬鹿なことを言っていないで、さっさと読みたまえ」

呆れたようなガウェイン殿の視線が心に突き刺さる。私は薄目で便箋をそっと開き、最初の文字を読む。

『私の最愛の旦那様、ウィリアム様へ』

「最愛だと書いてある！」

「ああ、そうですか、ようございました」

心のこもっていないフレデリックの言葉も気にならない。私は、今度はしっかり目を開けて、リリアーナの細く繊細で綺麗な文字を辿る。

『ウィリアム様からのお手紙、ようやく受け取ることができました。お返事を返せずに申しわけありませんでした。

怒っていらっしゃいますか？　それとも呆れていらっしゃいますか？

でも、それでも私は、やっぱりウィリアム様を愛しています。

私が帰りたいと心から願う場所は、貴方の腕の中だけです。

だからどうか、私をまだ愛していて下さるのなら、侯爵家のエントランスで私を待っていて下さい。

明日、私は貴方の下に帰ります。

貴方のただ一人の妻　リリアーナより』

私は、何度も何度もその文字を読み返した。

ほんの少し、震えている「愛していて下さるのなら」という文字に彼女の弱さがあるのに、それでも彼女は私の愛を信じて、私の下に帰ると文字を綴ってくれた。

それだけで涙が出そうだった。

「ガウェイン様、私の役目は終わりました。つもるお話もございましょう。ここで御前を失礼させていただきます。今日は私の我が儘を許して下さり、ありがとうございました」

クリスティーナは私が手紙を読み返している間にそう言って、さっさと帰ってしまった。妹は私に過度な憧れを抱いている節があるので、妻からの手紙にはしゃぐ私を見て呆れたのかもしれない。

「私の娘はどんどん美しく強くなっていくね。父親としては寂しい限りだ」

ガウェイン殿は感慨深そうにリリアーナの手紙の封筒を撫でた。

「私の妻です」

「そんなことよりトラヴィス殿のことだがね」

アルフォンスを思い出させる飄々とした笑みと共にガウェイン殿が口を開く。

「私が見ていた限りだと、噂のことはもちろん知っていたけれど、彼が黒幕のようには思えなかったよ。ただただ愛しい孫娘が心配な様子だった。クラウディア夫人は……そうだね、亡くなった娘にリリアーナを重ねて見てしまっているのだろうね。だがそれはリリアーナがなんとかするだろう。それより、一人、気になる男がいた」

「気になる男？　リリアーナの傍にですか？」

思わず眉間に皺が寄る。

「馬鹿者。そうじゃない。子爵家に滞在する音楽家だ。顔の上半分を仮面で覆って、羽根飾りのついた深紅の帽子を被っている」

私は、デスクの引き出しから子爵家に滞在している音楽家たちの身辺調査書を取り出し、該当する男のそれを調査書の束から引っ張り出す。

「彼、ですか」

簡易の似顔絵をガウェイン殿に見せると、彼は「ああ」と頷いた。

「このバルドという男は、吟遊詩人で我が国やその同盟国を中心に旅して回っているそうです。子爵家に世話になるようになったのは、昨年の秋ごろからです。生まれは北のほうの国で、言葉には柔らかな訛りがあるそうです。顔を隠しているのは、火傷の痕があるから。ですが、吟遊詩人としては優秀で多くの家々に招待されています。そこでの評判は上々ですね」

「帰り際、ジュリア騎士が一瞬の隙にこれを私に渡してきた」

差し出されたのはハンカチだ。なんの変哲もないそれを開けば、赤が目に入る。

「血？　いや違う、口紅か？　何か文字が……」

ようやくそれが口紅で書かれた文字だと気付いて息を呑む。

『バルド　再調査求む』

「これは……」

「私たちが子爵家に到着し、客間でリリアーナを待っている時、彼はふらりと客間にやって来たんだ。君の言う通り柔らかな訛りが特徴的な口調で『お客さーんでェすか。歌いますねェ』と勝手に歌い出したんだ。確かに歌も上手くてセドリックは喜んでいた。だが、そう……彼はかなり腕が立つのではないかと感じたんだ。こうふらふらとね、踊るようにリュートを引きながら歌っていたんだが、隙がない。いきなり私がナイフを投げても、きっとふらふらと歌いながら避けただろうと思えるほどにはね」

「歌はなんの歌を？」

「この国の童謡だ。……旅する吟遊詩人なら、多少、自衛ができてもおかしくはないとは思うが……彼は今夜、シュベル伯爵家の晩餐会に呼ばれていると言っていた。嘘か真かは分からないがね」

「……分かりました。フレデリック、すぐに諜報部へ行って、二名ほどシュベル伯爵家に行くように伝えてくれ。別に二名はエヴァレット子爵家へ行き、そのバルドがいるかどうか確認を。いれば、どちらもそのまま対象の監視へ移行するように」

「かしこまりました。お借りします」

フレデリックはバルドの身辺調査書と似顔絵を手に師団長室を出て行く。

「ガウェイン殿」

「なんだね？」

「……ありがとうございました」

私が頭を下げるとガウェイン殿は「ふふっ」と笑った。

「またこのようなことがあっても安心したまえ、我がフックスベルガー公爵家には、リリアーナの部屋もセドリックの部屋も用意してあるからね。あ、君の部屋はないけどね」

勢いよく顔を上げると、彼は既に師団長室を出て行くところだった。

「その心配はご無用です！」

私はその背に宣言したが、ガウェイン殿は「はっはっはっ」と飄々と笑いながら、ドアの向こうに消えた。

私は閉じたドアを一睨みして、リリアーナからの手紙にもう一度だけ目を通し、便箋を封筒に戻して、懐にしまった。

「今度は私が待っているよ、リリアーナ」

「すまない、クラウディアは食欲がないようだ」
ダイニングで待っているとやって来たのは、おじい様一人でした。隣におばあ様のお姿はありません。
沈黙のまま夕食が始まります。美味しいはずの食事も味がうすぼんやりとしていて味気なく感じられてしまいます。おじい様は黙々と手を動かし、私が話しかけるのを拒んでいるかのように、私が喋ろうとする時だけ「おかわりは」とか「今日の天気は」と関係のない話題を挙げました。

「……明日の朝、帰ると聞いた」

デザートを食べ終わり、食後のコーヒーも飲み終わる頃、おじい様が言いました。

「はい。明日、帰ります」

「………そうか。気を付けて帰りなさい」

そう言っておじい様は私の方を見もせずに立ち上がり、ダイニングを出て行こうとしました。私はナプキンをテーブルの上に置いて、慌ててその背を追いかけます。

「おじい様」

おじい様は廊下に出てすぐに足を止めて下さいました。

「おばあ様に、会わせていただけませんか？　お話がしたいのです」

おじい様の水色の瞳が私を振り返りました。

「……おいで」

「ありがとうございます」

私は歩き出したおじい様の背に続きます。エルサたちもついてきますが、一瞥しただけでおじい様は何も言いませんでした。

おじい様がおばあ様の部屋のドアを開け、私たちは中へ入りますが、ジュリア様は「私はここでお待ちします」と廊下に残りました。

ぽつんとテーブルの上の燭台の小さな灯りだけが照らす薄暗い部屋の中、おじい様が手を上げると壁際に控えていたメイドさんたちが一礼して部屋を出て行きました。

おばあ様は腕に顔をうずめるようにしてベッドに突っ伏していました。

「クラウディア、リリアーナだ」

おじい様が声を掛けますが、おばあ様は顔を上げません。重い沈黙が部屋を覆います。

誰も喋っていないのに、深い深い悲しみがここにあって肌に突き刺さるのを感じます。

「……クラウディアも私も、本当は君にカトリーヌの話をたくさんしてやりたかった。だが……どうしても娘のことを思い出すと幸福な思い出を覆い尽くすように重苦しい悲しみが私たちの心を支配してしまう。もう十七年も経つというのに……」

おじい様の水色の瞳は、私を見ているようで、私の向こうにいる亡き娘を見ているように感じられました。いいえ、事実、今のおじい様に見えているのは私の中に面影を残す愛娘のカトリーヌなのです。

「……わたくしは、この十七年、後悔しない日はなかったわ」

おばあ様は顔を上げましたが、彼女はじっとベッドの向こうの暗い窓の外を見つめて言いました。

「エイトン伯爵が男爵家の愛人の娘に入れあげているのは有名な話だったわ。でも、夫の友人だった先代のエイトン伯爵の頼みを断りきれず、カトリーヌを嫁がせたの……あの時、何が何でも反対すればよかったと、後悔して後悔して……っ」

か細く震える声が紡ぐ後悔は、きっと後悔よりも絶望に近いのかもしれません。

「…………ただ、幸せになってほしかったのよ……っ」

それは、きっと、おばあ様が愛する娘に望んだ、唯一の願いだったのです。

「だから、せめて貴女には、幸せになってほしいの……なのに、どうして貴女までっ」

真実を伝えれば、きっと、おばあ様の心は軽くなるはずです。

ですが、婚約破棄の真相を私が勝手に伝えることはできません。ウィリアム様に、侯爵家に深く深く傷跡を残したこの事件が外部に漏れることはあってはならないのです。

私は、スプリングフィールド侯爵夫人なのです。家の秘密を漏らすわけにはいきません。

ですが、同時に私はおじい様とおばあ様の孫でもあるのです。

「おばあ様、おじい様、私は嘘偽りなく、本当に幸せなのです」

「……一年、放置されていたのに？」

「今だからこそ言えるのかもしれませんが、私たちにとって必要な時間でした。婚約破棄を経たウィリアム様の傷は深く、私は臆病でした。でも、私たちは、ウィリアム様が倒れたことをきっかけに向き合うチャンスを得ました。そして、私は彼と初めて共にする時間の中で……彼に――ウィリアム様に恋をしたんです」

二人が目を瞠ったのが、薄闇でも分かりました。

「ウィリアム様は本当に素敵で、優しい方なんです。国一番の騎士様で、王太子殿下の親友で、私よりずっと大人で、でも……ピーマンが苦手な子どもっぽい一面もある方。過保護で、心配性で……私がくしゃみ一つするだけで、お医者様を呼ぼうとするんですよ」

私は、話しながら笑みが零れてしまいました。ウィリアム様を想うだけで私は笑顔になれます。

「領地関係のお仕事をされる時は、私を膝に乗せたがって。時折、こっそり仕事を抜け出して私の顔を見に来たり、お顔を真っ赤にして私にお花を下さったり、そういう人間味のある優しい方に、私は恋をしたんです。しかもですよ、おばあ様」

私はおばあ様の傍に膝をついて、そっと内緒話をするように耳元でささやきます。

「ウィリアム様も私に恋をして下さったんです」

ねえ、素敵でしょう、と私は、熱くなる頬を押さえて微笑みました。

おばあ様はただ茫然と私を見つめていました。

「ロクサリーヌ様のことも、私はウィリアム様から教えていただきました。でも、彼は今、彼の心の中にいるのは、私だけだと言ってくれました」

「……そんなこと、いくらでも嘯けるわ。……死というものはね、もっとも人の心に傷のように愛を遺すのよ」

「でも、驚いたことに真実、彼は私だけをただ一人、女性として愛しているんです」

エルサとアリアナを振り返れば、彼女たちはウィリアム様からの手紙の束を差し出してくれました。

「ここに私が、ウィリアム様に愛されて、幸せだという証拠(しょうこ)があります」

おばあ様は、私と手紙を交互(こうご)に見ました。

私は一番上の一通を手に、おばあ様の傍に膝をついて、それを広げて読み上げます。

『世界で一番愛しい私の妻　リリアーナへ

　この間は、大きな声を出して本当にすまなかった。

そして、私の心配を無理やり君に押しつけてしまったことを深く反省している。

君が私のために社交を頑張ろうとしてくれて、全てを諦めていた君が、私との未来を望んでくれていること、私は本当に、本当に嬉しいんだ。これ以上の言葉がないくらいに嬉しいんだ。

　でも、同時に私は君を喪いたくない。

君は、私の全てだ。

だが、それで君の努力を縛(しば)ってはいけないことを、私は焦(あせ)るあまり失念してしまった。

呆れてしまったか？　それとも、怒っているだろうか？

だが、私は君を愛している。

いいや、君だけを愛している。

もっと伝えたいことがあるのに、言葉を上手く見つけられない。

明日になったら、きちんと整理ができるかもしれない。また手紙を書くよ。

君のただ一人の夫　ウィリアム』

読み終わるとおばあ様は、じっと手紙を見つめていました。おじい様もいつの間にかおばあ様の向こうに膝をついています。

「これを読む前にウィリアム様にお手紙を書いたのですが、読み終わってから私は随分と似たようなことをウィリアム様へのお手紙に書いたのだと、笑ってしまいました」

「当家の旦那様が奥様をどれだけ溺愛なさっているのか、エピソードはたくさんございますので、ご要望があればお話しいたします」

エルサが、柔らかに微笑んで私を応援してくれます。

「リリアーナ」

おじい様に呼ばれて、私は顔を上げます。

水色の瞳が縋るようにじっと、私を見つめています。

「……侯爵殿は、君の、夫は……本当に君を幸せにしてくれるのか」

「はい」

「……どうやって、信じればいいのか、私にはもう分からないのよ」

おばあ様が手紙を見つめたまま、ぽつりと零されました。

「でしたら、今度はウィリアム様もご一緒にどこかへ出かけたり、お茶をしたりしましょう。……おばあ様、ピーマンを苦手だってバラしてしまったこと、ウィリアム様には内緒にして下さいね」

私はおばあ様の手を取って、笑いながらお願いしました。

「私が心配ならどうか、私が幸せであることを何度だって確かめて下さいませ。ウィリアム様はきっと、おばあ様とおじい様の不安に何回でも応えて下さるはずです。おばあ様、私はカトリーヌではなく、そっくりかもしれませんが、リリアーナなのです」

ぽろりとおばあ様の頰を涙が一粒伝って、次の瞬間、私はおばあ様とおじい様に抱き締められていました。

「ごめんなさい……ごめんなさい、リリアーナ……っ」

「すまなかった……っ」

「私に謝るようなことは何一つありません。だって私、本当にお母様にそっくりですから、間違えてしまうのは、きっと――よくあることなのです」

二人とも声を押し殺して泣いていて、でも、冷たかった二人の手が温かくなっていました。私はおばあ様の背中に腕を回して、ただその抱擁を、おじい様とおばあ様の悲しみが、ほんの少しだけでも解けるように、腕に力を込めるのでした。

　早朝、私はジュリア様と共に三週間を過ごした別館へ向かいます。

　昨夜は、あのまま本邸のおばあ様のお部屋に泊まりました。おばあ様は、疲れたのかすぐに眠ってしまいましたが、とても穏やかな寝顔だったように思います。

　おじい様も先ほど、別館に一度戻ると伝えると「三人で朝食を取ろう」と晴れやかな顔で言って下さいました。

「リィリアーナ様」

　別館の前にバルドさんが立っていました。

「今日、帰るって聞きまァした。クラウディーア様たちと仲直りできまァしたか？」

「はい。長い間、お世話になりましたが、今日、侯爵家に戻ります。バルドさん、素敵な歌をたくさん聞かせて下さって、ありがとうございました」

「いーえ、それがボクの仕事でェすから」

　バルドさんは、ふふっと笑います。

「……リィリアーナ様」

　改まって名前を呼ばれて首を傾げます。

「貴女は、侯爵夫人に戻るのでェすね」

「はい。ここでは孫のリリアーナですけれど、私はウィリアム様の妻ですから」

「貴女に社交界は、似合わないと思いまァす。あそこは、美しくてきれーいで、怖（こわ）いところでェすよ。ここでなら、ずーっと、護（まも）ってもらえまァす」

「……私は、護られているからこそ、行けるのです。臆病な私は、一人だったら絶対に行けなかったかもしれません。でも……たくさんの方に護られているから、行けるのです。……心配して下さって、ありがとうございます。バルドさん」

　バルドさんは、ふっと口元に笑みを浮かべてくれました。

「でェしたら、今度は、いつかリィリアーナ様が、ボクを呼んでくださァいね。貴女のためなら特別に幸せな歌を、たァくさん、歌いまァすからね」

「ふふっ、バルドさんを呼べるように、頑張りますね」

「はァい。楽しみにしてまァすね」

　そう言ってバルドさんは、懐から小さな笛を取り出すと、ピーヒョロリーと吹（ふ）きながら、ふらふらと行ってしまいました。

「不思議な方ですね」

　ジュリア様を振り返ると「そうですね」と言いながら去って行くバルドさんをじっと見つめていました。心なしか、その瞳が鋭い光を隠しているように見えます。

「どうかなさいましたか？」

「いえ、なんでも。それより中に入りましょう、まだ早朝は冷えます」

そうジュリア様に促されて、私は止まっていた足を再び動かし、エルサとアリアナが多すぎる荷物の荷造りに苦戦している別館へと入るのでした。

おじい様とおばあ様と三人でとった朝食は、穏やかで、でも少し寂しかったです。ここでの三週間は、大変なこともありましたが、やっぱりおじい様とおばあ様の惜しみない愛情は幸せなものでしたから。

朝食を終えたら侯爵家に帰る時間です。

「屋敷まで一緒に行かせておくれ。私たちの無礼を、侯爵家の方々に詫びなければ」

そう告げるおじい様とおばあ様と共に私は、子爵家で一番大きな馬車に乗り込みました。両側にドアがあって、おじい様とおばあ様に挟まれるように三人並んで座っても余裕があります。それに何に使うのかは知りませんが天井にもドアがあります。

最後に色々と悩みを聞いて、親身になってくれたバルドさんに挨拶をしたかったのですが、気まぐれで自由な彼の姿は、残念ながら見つけられませんでした。でも、どこからかピーヒョロリーと笛の音が聞こえたような気がしました。

ジュリア様は、馬車の隣を馬に乗って並走し、エルサとアリアナは、もう一台の馬車に贈り物と一緒に乗っています。おじい様とおばあ様から頂いた贈り物だけで、もう一台、馬車が必要になったのは驚いてしまいました。

「おばあ様、今度は是非、我が家に遊びに来て下さいませ。子爵家のお庭に負けないくらいに素敵なお庭を一緒にお散歩しましょう」

「ええ。楽しみにしています」

おばあ様は、とても柔らかな笑顔を見せてくれ私も笑みを深めます。

そうして、他愛ない話をしながら穏やかな時間を過ごしていると不意に外が騒がしくなりました。

おじい様が窓に掛けられていたカーテンを開けて外を覗き、息を呑みます。

「どうしてだ？　何故か下町方面に向かっている……」

私はわけが分からず、おじい様の言葉を確かめるようにおばあ様がカーテンを開けた窓を見て目を見開きます。

「まあ、エルサ？　どうしてそんなところに？」

何故か後続の馬車に乗っているはずのエルサが、馬にまたがりジュリア様と共に並走しています。そしてどうしてか二人は、上のほうを見ています。

「馬車を止めなさい！」

「止まれ！　止まれと言っている！」

エルサとジュリア様が速度を上げた馬車に声を張り上げています。

「一体、なに、きゃっ」

ガタンと馬車が跳ねて、座席から落ちそうになります。咄嗟におじい様とおばあ様が抱きとめて下さり、なんとか体勢を維持します。

ふと、足元に羽根飾りのついた深紅の帽子が、ころころと転がってきました。

「どうして、これがここに？」

記憶違いでなければ、この特徴的な帽子は、バルドさんのものです。

「バルド？　どうしてここに……？」

おじい様の唖然とした声に顔を上げて初めて、馬車の中、向かいの席にいつの間にかバルドさんが座っているのに気付きました。あの用途不明の天井のドアが開いています。

バルドさんは、笑っていました。

ですが、これまでの柔らかな笑みとは違う、どこか冷たくてぞっとするような笑みをその口元に浮かべていました。

「やっぱり、君は女神様なのかな、リリアーナ」

あの少し高めの柔らかな訛りのある口調とはかけ離れた、低く静かな声でした。

私はこの声を聞いたことがあると、何故だか瞬間的にそう思ったのです。

バルドさんが仮面を外し、そして、小麦色の髪をひょいと持ち上げました。

「え……？」

さらりと流れ落ちたのは、漆黒の艶やかな髪で、仮面の下から現れたのは、やはりこんな時でも綺麗だと感じるほど、美しい男性の顔でした。

「黒い、蠍の……？」

「おや、覚えていてくれたんだ、リリアーナ」

目の前に現れたのは、あの日、サンドラ様の胸にナイフを突き立てた、数カ国を股にかける巨大な犯罪組織、黒い蠍の首領、アクラブ、その人でした。

「バルド？　あなた、一体……！」

おばあ様が私を強く抱き締め、おじい様が私たちを庇うように腕を横へ伸ばします。

ですが、闇色の瞳はただじっと私だけを見つめています。

「君にね、興味が湧いたんだ。あんなに酷いことをされても、何もかもを赦した美しい君に。傍にいて思ったけれど、君は英雄殿にはもったいない。もっと広い世界を知るべきだ。……俺とおいで、リリアーナ」

大きな手が伸ばされて、私は怖くなって思わずおばあ様にしがみついて首を横に振りました。おばあ様が痛いくらいに私を抱き締め、おじい様が「近づくな！」と声を荒らげ、私たちを背に庇ってくれますが、彼がおじい様の腕を引くと、おじい様は馬車の床に膝をついてしまいます。

「おじい様！」

「リリアーナ、抵抗すると君のおじい様とおばあ様が怪我をしてしまうかもしれないぜ？」

その言葉に私は思わずおばあ様に縋る腕の力を緩めてしまいました。

ネズミをいたぶる猫のように細められた目に怖気が走り、大きな手が私の腕を掴もうとした、その瞬間でした。

「私の妻に勝手に触るな！」

ガツッガタンッと馬車のドアが外れて飛んでいき、頼もしい背中が私の前に現れました。

「ウィリアム様……っ！」

「すまない、エントランスで君を一番に抱き締める準備をしたかったんだが、とんでもない害虫が危害を加えようとしているのに気付いてね」

ウィリアム様は、片手にナイフを構えながら、おじい様を助け起こし、私の隣に座らせました。おじい様は、すぐに私とおばあ様を護るように抱き締めます。

「アクラブ、全てはお前がやったことだな。私とリリアーナの不名誉な噂をわざわざそこら中で流したのは」

「なんのことでェすかァ？」

耳に馴染んでいたはずのバルドさんの声が、嘲笑うように言葉を紡ぎました。

「お前は、エヴァレット子爵家の芸術家たちの耳に入るように、そこら中で噂の種をまいた。良くも悪くも有名な私たちの噂は、貴族たちの格好の餌食になり、尾びれ背びれをはやし成長し、芸術家たちの耳に届いた。そして、子爵家を信頼し、哀しみを知る芸術家たちは、彼らにリリアーナを保護するべきだと言ったんだろう」

彼は、仮面を拾い上げて身に着けると、くすくすと愉快そうな笑いを零し、こてん、と首を傾げました。

「時間切れでェすね。ボク、帰りまァす」

「そうはさせるか！」

ウィリアム様が飛び掛かろうとしますが、彼が私たちに向かって何かを投げつけ、ウィリアム様の気が一瞬、逸れます。その隙に彼は、ウィリアム様が入ってきた方とは逆のドアを開け放ち、横を走っていた馬へ飛び乗りました。彼の仲間と思われる人物が、手綱を彼に渡しています。

私たちに投げられたのは、ただのハンカチでした。

「また会いに来るぜ、俺の愛しい女神様。じゃあな、英雄殿」

「待て！　誰が貴様のだ！　行かせるか！」

ウィリアム様が手を伸ばしますが、彼は飄々と馬車を離れ、左の道へと逸れて行きます。

「英雄殿、御者を失った馬車は危ないぜ！　この先、行き止まりだからな！」

「なっ！　くそっ！　ジュリア、追え！　奴を逃がすな！　後ろに援護部隊がいる！」

ウィリアム様が開いたままだった天井のドアから、腕の力で体を持ち上げ外へ出て行きます。かなりの数の馬の足音が後ろの方で聞こえました。

そうして、何がなんだか分からない私たちを乗せた馬車は、だんだんと速度を落とし、事故を起こすことなく停まったのでした。

「ウィリアム様っ！」

馬車が止まってすぐ、御者席から降りてきたウィリアム様がドアの取れた入り口に立ち、私はおじい様とおばあ様の腕を抜け出して迷わず彼の腕の中に飛び込みました。

「リリアーナ、よかった……っ」

痛いくらいに強く抱き締められて、私も力の限りウィリアム様に抱き着きました。「奥様、ご無事でようございました……っ」とエルサの手がウィリアム様の背に回した私の手に重ねられて、二人の温度に安心して、涙が出てきました。

「本当にすまない、遅くなってしまった。怪我は？」

「おじい様とおばあ様が護って下さったので、私は無傷です、でも、おじい様が……っ」

大きな手が私の涙を拭ってくれます。

「大丈夫、少し膝を打っただけだ。大した怪我はしていない」

振り返れば、おじい様が馬車の中で私を安心させるためか、微笑んで頷きました。

「良かった……。ここはあまり治安が良くないので、すぐに離れましょう。侯爵家に向かいますが、よろしいですか？　詳しい話はそこでいたしましょう」
おじい様が頷いて、ウィリアム様が「こちらに馬車を！」と声を掛ければ、後ろから騎士団の紋章を掲げた馬車がやってきました。他に数名、馬車を護るように馬に騎乗した騎士様もいます。

私はウィリアム様に抱き上げられたまま馬車に乗せられ、座席に下ろされます。

ウィリアム様が降りて、おじい様がおばあ様を抱えて乗り込みます。私の隣に下ろされたおばあ様は、真っ青な顔で私に腕を伸ばして、私を抱き締めて下さいました。私もまたおばあ様をぎゅうと抱き締め返しました。

「ああっ、リリアーナ……」

「ウィリアム様がいるのですから、もう大丈夫ですよ、おばあ様」

「ええ、必ずお護りいたします。エルサ、中に。リリアーナ、中は絶対に安全だからな」

ウィリアム様に頷いて返すと、エルサが向かいのおじい様の隣に乗り込み、馬車のドアが閉められます。

少しして馬車が動き出します。

「一体、どうしてこんなことに……っ」

おばあ様の震える声が耳元で聞こえて、私は大丈夫ですよとその背を撫でます。おじい様も険しい顔で黙っていて、エルサが気づかわしげに視線をさ迷わせています。

「そういえば、エルサ、貴女の乗っていたあのお馬さんはどこで見つけたのです？」

ふと疑問に思っていたことを尋ねるとエルサは、にっこりと微笑みました。

「私とアリアナの乗った馬車の御者が、明らかに子爵家の者ではなかったので、殴って止め……いえ、説得して馬車を止め、馬を拝借して追いかけてまいりました」

今、殴って止めたと聞こえたような気がしましたが、聞いてはいけないと思ったことを聞き流すのも貴婦人のマナーだとお義母様が言っていたので、私は「アリアナは無事ですか？」と尋ねました。

「アリアナは、応援を呼びに近くの騎士団の詰所へ走ってくれました。連絡がいっているはずですので、侯爵家で待っていれば大丈夫です。とはいえ、旦那様が異変を察知して追いかけて来て下さっていたので、こうして最悪の事態は免れたのでございます」

「そうだったのですね」

私は、窓へ顔を向け、指先で少しだけカーテンを開けます。ウィリアム様の姿は見えませんでしたが隣を騎士様が並走していて、重なるように響く蹄の音にたくさんの騎士様がこの馬車を護って下さっているのだと分かります。

「……リリアーナ……リリアーナっ」

「大丈夫、大丈夫です。おばあ様、騎士様が護って下さっていますから」

いまだ震えるおばあ様の背中を撫でながら、私はひたすらに一秒でも早く侯爵家に着くようにと願うのでした。

「ただいま戻りました」

「ああ、リリアーナ！　本当に心配したのよ！　生きた心地がしなかったわ！」

「姉様！」

エントランスへ入った瞬間、セドリックが抱き着いてきて、セドリックごとお義母様に抱き締められて、驚きました。

「アーサー、リリアーナのおばあ様に大至急、客間の用意を。モーガンも呼んでくれ」

ウィリアム様が指示を出すとアーサーさんが「モーガン先生は既におりますので、こちらへ」と客間へ歩き出します。おばあ様はウィリアム様に抱えられています。よほどショックだったのか、腰が抜けて歩けなかったのです。おじい様はしっかりとした足取りで二人についていきました。

「お義母様、セディ、皆さん、ご心配をおかけいたしました。ですが、ウィリアム様がすぐに助けに来て下さったので、大丈夫です」

お義母様の向こうには、お義父様とヒューゴ様、クリスティーナ様もいて、不安そうな、心配に追われるような顔をしていました。

「ただいま戻りました」

どうか安心して下さいますように、と願いを込めて微笑むとお義父様がようやくほっと表情を緩めました。

「……ああ、おかえり」

「おかえりなさい、リリアーナ。色々と聞きたいことはあるけれど、おばあ様の傍にいてあげなさい」

お義母様が私から離れて、お義父様の隣へ戻ります。

「ありがとうございます、お義母様。セディ、一緒に行きますか？」

「……ううん、ヒューゴと待っているから、大丈夫。姉様のおばあ様もいっぱい人がいたら疲れちゃうから、僕、お部屋で待ってる」

ぐすんと鼻をすすりながらもセドリックが私から離れます。

この間までは、泣いて私から離れなかったのに、と成長への喜びと同時に寂しさを感じながら、セドリックの頭を撫で、お義母様たちにも一礼してエルサと共に客間へ向かったのでした。

「スプリングフィールド侯爵、この度は本当に、なんとお詫び申し上げればいいか……まさか彼が、あの黒い蠍の人間だったなんて」

そう言って、額に手を当てて項垂れるおじい様の顔色はあまり良くありません。おじい様の隣に座るおばあ様もまだ青白い顔をしています。

モーガン先生が診察をして下さった後、いつかのように私たちは夫婦で向かい合うようにソファに座っています。ウィリアム様は、落ち着いてからでいいと言ったのですが、おじい様がどうしても先にお話がしたいとおっしゃったのです。

「いえ、私の方こそ……もっと早くに気付いていたら、このようなことには」

ウィリアム様が悔しそうに言いました。

おばあ様の診察をしていただいている間、フレデリックさんとアリアナが帰って来たのですが、ジュリア様たちはアクラブさんを見失ってしまったそうです。今は、王都に厳戒態勢が敷かれ、アルフォンス様を指揮に据えて捜索が行われているそうです。

「怒られることも承知の上ですが……トラヴィス殿もご存じのように私とリリアーナの不名誉な噂が今季の社交期が始まったと同時に流れ始めました。その根源を私たちは探っていたのですが、今朝、ようやくあのバルド……いえ、アクラブに辿り着いたのです。とはいえ、私も馬車に飛び込むまで、彼がアクラブであるとは、知らなかったのですが」

「……バルドは、昨年の晩秋にひょっこりと現れたんだ。とても歌が上手くて、人柄も朗らかで気に入って支援をすることにした。もちろん私の手の者に彼の素性は調べさせたが、不審な点はなかった」

「彼は……アクラブは黒い蠍を統括している人物だと言われています。ですが、我々が全力で調べても真相の見えない男で……トラヴィス殿が調べきれないのも仕方ありません。我々も今朝まで、彼の作り上げていた完璧な経歴に騙されていたのですから」

「……では、どうやって気付いたのだ？」

「実は……フックスベルガー公爵とジュリア騎士が、バルドが怪しいと同時に私に報告をくれ、うちでも手練れの者が彼についていたんです。ですが今朝、バルドの手の者と思われる者に襲撃され、なんとか相手を巻いて私の下に戻って来て報告を。もともと、その、リリアーナが心配で、私も子爵家に近い詰所に控えていたのが不幸中の幸いでした」

「その方々はお怪我をなさったのですか？」

私が尋ねるとウィリアム様は、穏やかに微笑んで「元気だよ。命に別状はない」と教えて下さいました。

「バルドの笛の音で急に襲撃されたと言っていました。おそらくですが、バルドはそういった楽器の演奏で、仲間にあれこれ伝えていたと思われます」

おじい様の眉間に深い皺が寄りました。おばあ様は、おじい様によりかかったまま今にも倒れてしまいそうで、心配です。私もあんなに優しいバルドさんが、まさかあの方だったなんて、本当にショックです。震えそうになる手を誤魔化すように膝の上で握り締めるとウィリアム様に早々に見つかって、大きな手が重ねられました。

顔を上げると青い瞳が私を見つめていて、そっと身を寄せると肩を抱かれました。爽やかなコロンの香りに安堵が胸に広がります。

「……スプリングフィールド侯爵、今回のことは本当にお詫びのしようがない。私たちが変に意地を張って、君を認めなかったばかりに起きたことだ。君が我が家に入るのを許していれば、こんなことにはならなかっただろう」

おじい様が悲痛な面持ちで言葉を絞り出します。

「罰はいかようにも受ける。リリアーナを危険に晒してしまった私たちには、もうリリアーナと過ごす権利は……」

「トラヴィス殿」

ウィリアム様がおじい様の言葉を遮りました。

「……トラヴィス殿は、私が他の……元婚約者のロクサリーヌをいまだに想っているのだと、故にリリアーナを私に任せられないのだとおっしゃっていました」

おじい様は、押し黙ってしまい、その沈黙が肯定の代わりだと分かりました。

「カトリーヌ様と同じ道をリリアーナに辿らせたくない、その一心でリリアーナを護って下さろうとしたのでしょう。それに、元はと言えば不義理で無礼な私が、最初の種をまいたのです。最初から彼女にきちんと向き合って、お二人にもきちんとご挨拶をしていれば、今回のようなことにはならなかったはずです」

おじい様は「それは……」と顔を上げましたが、またすぐに押し黙ってしまいました。

「信じられなくて当然です。ですが、私が想うのは後にも先にもリリアーナだけ……ロクサリーヌは、私が戦場にいる間に、知らぬ男の子を身籠ったのです」

思いがけない告白におじい様とおばあ様が息を呑み、目を見開きました。私もまさかウィリアム様がそのお話を持ち出すとは思っておらず、思わず夫を見上げます。ウィリアム様は、真っ直ぐ私のおじい様とおばあ様を見つめていたのです。

「王家の怒りはすさまじく、終戦直後の不安定な世の中だったのもあり、死罪だとまで……ですが私は、どうしてもロクサリーヌの胎の子の命を奪いたくなかった。戦場で、嫌というほど命を奪ってきた私が言うのもおかしな話ですが、それでもどうしても、罪のない命をもう奪いたくなかった。助命を望み……後は、ご存じの通りに病死と処理されました。彼女たちは遠い辺境の地で、生きています」

「ウィリアム様……」

「いいんだ。私は、君のおじい様とおばあ様に、今度こそ誠実でありたいんだ。ただ、このことは極秘案件ですので、口外はしないようにお願いします」

「……息子にも絶対に喋らないと約束する。墓まで持って行こう」

困ったように眉を下げたウィリアム様に二人は重々しく頷いてくれました。

「それでやはりご存じかと思いますが、私は女性不信に陥り、更には私を見もせず、権力や財力に目が眩んだご令嬢に嫌気が差して女嫌いになり……ただそれを一蹴したくてリリアーナを、強引(ごういん)に娶(めと)りました。婚約式で彼女に心惹(ひ)かれたのに……私は幸せになるのが怖くて、逃げました。一年も逃げ続けた私を……リリアーナは見捨てずにいてくれたんです。彼女が私の心を癒し、私に本当の愛を教えてくれた。リリアーナは私の全てです」

青い瞳が私を映して、柔らかに細められました。私も応えるように笑みを返します。

「……信じて下さいと言うのはおこがましいことだと分かっています。ですからどうか、トラヴィス殿、クラウディア様、リリアーナが幸せであるか、私が彼女に誠実な夫であるか、いつでも確認しに来て下さい。いっそ抜き打ち調査に来て下さってもかまいませんよ」

ウィリアム様の言葉に二人が目を丸くします。

「だ、だが私たちはリリアーナを危険な目に……君にも酷いことを」

「道に、迷っただけなのです。ウィリアム様、御者さんが道を間違えて、私たちは道に迷っただけなのです。でも目的地をきちんと見つけたので、もう大丈夫なのです。ね、おじい様、おばあ様」

「ふふっ、そうか。君がそう言うなら、そうなんだろう」

ウィリアム様がくすくすと笑って下さいました。

「…………ありがとう、ウィリアム殿っ」

震える声に顔を向けるとおじい様とおばあ様は肩を震わせて俯(うつむ)いていました。ぽたぽたと二人の膝に落ちる雫に気付いて、私はウィリアム様を見上げます。

「リリアーナは、今期の終わりの舞踏会で社交界にデビューする予定です」

驚いて顔を上げるとウィリアム様は、静かに私を見つめていました。

「お二人に、特におばあ様には、お力添えを願うことも多々ありましょう。どうか妻をよろしくお願いします」

おばあ様は両手で顔を覆ったまま、こくこくと何度も頷いたのでした。

「……まだ起きていたのか？　寝ていていいと言ったのに」

「明日、朝寝坊をするので大丈夫です。それに先ほどまで寝ていたのですよ」

既に寝間着姿のウィリアム様が驚いたようにベッドへ駆け寄ってきます。

だいぶ前に日付をまたいで、そろそろ朝日が昇る時間帯です。

ウィリアム様は、事後処理のためにあの後、騎士団に戻られました。おじい様とおばあ様は、だいぶお疲れのご様子でしたので今夜は侯爵家に泊まっています。

私は談話室に戻った後、心配するお義母様に抱き締められて、クリスティーナ様にも「もっと人を疑いなさい」と怒られてしまいましたが、泣きそうな顔に胸が痛みました。

「ウィリアム様は、お仕事は片付いたのですか？」

「いいや、残念ながら一向に片付かない。君の様子を見たいと言ったら、アルが、少しだけ仮眠でもとっておいでと送り出してくれたんだ。マリオも手伝ってくれているしな」

ウィリアム様は、ため息を零しながらベッドに腰かけました。私も隣へ移動するとすぐに肩が抱き寄せられて、ぴたりとくっつきます。

「……大丈夫か？」

「はい。どこも悪くありませんし、元気です。モーガン先生も大丈夫だと言ってらっしゃいましたでしょう？」

「ああ……だが……ただ本当に私は、君が心配なんだ」

ぐいっと更に強く肩を抱き寄せられたかと思うと私はウィリアム様の腕の中に閉じ込められていました。少し速い鼓動が聞こえてきます。

「ウィリアム様、私……デビューは見送ります」

はっと息を呑む音が頭上でして、少し力が緩んだ腕の力に顔を上げると、揺れる青い瞳が私を見ていました。

「ウィリアム様は、私の体を心配して下さったのに……私は貴方のためと言いながら、自分のためにデビューしたかったんです。少しでも自信が、貴方の妻であるという自信が欲しくて、でもそれは……」

私は手を伸ばして、ウィリアム様の頬を撫でる。

「ウィリアム様からの愛を疑うことに違いなかったと気付いたのです。私、それだけは何より嫌なのです」

「リィナ。違う、それは違う。私の意気地がなかっただけだ。……君は、私との間に子どもを設けることはないと、今もそう、思っているんだろう？」

その言葉に逃げるように目を逸らしました。

記憶が戻って、相思相愛になって、それでも私はこの話題だけは、どうしても誰にも口にできませんでした。

「い、いえ……」

お恥ずかしい話、女性のお腹に子が宿ることは知っていますが、どうやって宿るのかは知りません。七歳の頃まで私に勉強を教えて下さっていた家庭教師の先生に「女は子を産むのが最大の責任なのです」と教えられ、妊娠に関しては小説でふわっと読んだだけです。

一番重要なことなのに、侯爵家の皆さんは誰もそのことに触れませんでした。最初の頃は仕方がありませんが、私とウィリアム様の仲が深まっても、誰もそのことについて触れてくることはありませんでした。皆さん、気を使って下さったのでしょう。

「……二年前、私は初夜の晩に君との子どもは設けないと言った。だから君は……社交をと望んでくれたのだろう？　せめて、と」

「いえ、そのような綺麗な心ではないのです……ただ、どうしてか、きっと今、あなたに同じことを言われたら、と想像しただけで身が竦んで、怖くて……だから、本当に、ただ私が弱い、だけで……っ」

泣きそうになって、ぐっと唇を噛み締めて耐えました。

「……妊娠や出産は命がけのことだ。部下にもそれで細君を喪ったやつもいる。正直、君を喪ってしまうことが何より怖い私は、それを望むのが怖いよ。でも、世界で一番、愛する君に私の子を産んでほしいとも、思う」

信じられない言葉が聞こえて、私にとって都合の良い夢なのではと顔を上げると、泣きそうな顔をしたウィリアム様がいました。

「……モーガンは、あと三年。君が健やかに過ごし、体力をつければ大丈夫だと言った」

「私、ウィリアム様との子を望んでも、いいのですか？」

ウィリアム様の唇が私の瞼に触れました。

「ああ。だが……すぐはダメだ。君はこれからデビューするんだ。それにもっと体力をつけなければね。それにたとえ、三年後、子どもが望めなくても、私は君が、私の隣で笑っていてさえくれれば、」

「私、ウィリアム様にそっくりな男の子が欲しいのです」

思わず口をついて出た言葉にウィリアム様が目を瞬かせました。

「……君が、こんなにはっきりと欲しいものを教えてくれるのは初めてだ。だが、困ったな……私は君にそっくりな娘が欲しいんだ。嫁に出したくなくて泣く自信があるほど」

本当に心から困ったような顔で深刻そうに言うウィリアム様に私は、どうしてか胸がぎゅうと苦しくなって、ぼろぼろと涙が溢れ出してしまいました。

「リ、リィナ？　大人げなかったか？　いやだが、やっぱり君似の娘を想像すると、それだけで嫁に出したくなくて泣けてきてな」

「いえ、いえ、違うのです……うれしくてっ、しあわせで……っ」

私はもうこれ以上ないくらいに幸せだと何度も思うのに、その度に、ウィリアム様は私が決めた幸せの上限を、なんでもないことのように塗り替えてしまうのです。

「……リィナ。一カ月後、デビュタントに向けて準備を頑張ろう。いつか母となった君が、私の母上のように、我が子に色々なことを教えられるようにしないとな」

言葉が出てこずに壊れた人形のように何度も、何度も頷くだけの私をウィリアム様は、優しく、強く抱き締めて下さいます。

「社交界に出れば、私たちの間に子がいないことを揶揄してくる人もいるはずだ。だが、リリアーナ。どうか焦らないでくれ。これは、君を絶対に喪いたくない私の我が儘なんだ。前にも言っただろう？　私は君がいないと生きていけないんだと」

「……はいっ」

「ありがとう、リィナ」

ウィリアム様が笑った気配がして、私もなんとか涙を止めて、顔を上げます。すると今度は鼻先に唇が落とされます。

「リリアーナ、社交期が終わって私の仕事が落ち着いたら、主寝室の模様替えをしよう。あの部屋は君を置き去りにしてしまった部屋だ」

「それは……」

「自分勝手なことに私もそれを思い出す度に苦々しい気持ちになる。だから、全く違う雰囲気の部屋に、変えてしまおう。もちろん、二人で話し合ってね」

「……はい、ウィリアム様」

自分の我が儘なんだと私への気遣いを優しさで包んで下さるウィリアム様に私は、本当に幸せだな、と思うのです。

ちゅっちゅっとキスが降ってきて、くすぐったいです。

「……ところで、ウィリアム様」

「ん？」

「赤ちゃんはどうやって私のお腹にやって来るのでしょうか？　私、そのあたりのことは何も知らなくて……神様にお願いするのでしょうか？」

「んんっ!!　ごほごほごほっ」

「ウィリアム様？　だ、大丈夫ですか」

　急に唸って咳き込むウィリアム様に、その腕から抜け出して水差しに手を伸ばしますが、すぐに肩を掴まれて、ウィリアム様に向き直ります。ウィリアム様は、深呼吸をして口を開きました。

「いいか、リリアーナ」

　やけに真剣な眼差しのウィリアム様が改まって私の名を呼びます。

「その辺のことは、デビューが無事に済んだら、母上が教えて下さることになっている。これは我が侯爵家のしきたりなので、よくよく覚えておいてくれ」

「まあ、そうなのですね。でしたら今は、デビューに向けて集中します」

「ああ、そうしてくれ。……だが、少しだけ大人の階段を登ろう」

「大人の階段？」

「ああ、大人のキスを教えてあげよう」

　とん、と肩を押されてベッドに沈んだ私にウィリアム様が覆いかぶさるように倒れてきて、顔の横に肘をつかれ、まるで彼の腕の中に閉じ込められてしまったかのようです。

「ウ、ウィリアム様」

　青い瞳の奥で何か烈しい炎のようなものが揺れている気がして、ちょっと怖くなって名前を呼びます。ウィリアム様は「怖くないよ」と微笑んで、私の唇を、信じられないくらい情熱的に奪ったのでした。

次に目覚めた時、ウィリアム様の顔が羞恥で見られなかったのは、言うまでもありません。

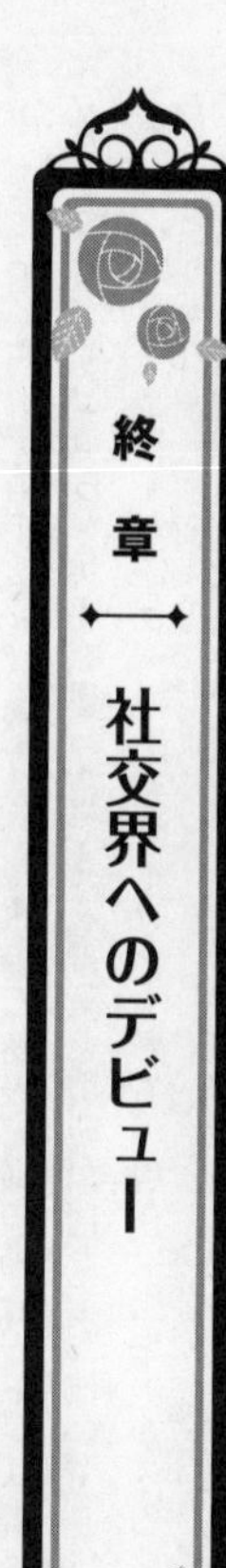

終章 社交界へのデビュー

「時間が足りないわ！」

最近、お義母様の口癖になっているそれは、既に今日だけで、耳にするのは五度目です。

それにエルサが「本当にお時間が足りません！」と頷くのも見慣れてしまった光景です。

今日は、マリエッタさんが我が家に、デビューを飾る終わりの舞踏会で私が着る予定のドレスを持ってきて下さったのです。

一週間と少し前に生地を決め、デザインを決め、あれこれ決めたばかりなのに、仮縫いとはいえ、あまりに早い仕上がりです。目の下に隈を作るマリエッタ様の様子もあいまって心配です。

私が子爵家から帰って来て、早いもので二週間が過ぎました。

デビューが確実に決まってから、お義母様が誰よりはりきって下さって、その準備に大忙しです。ですが、この間、倒れたことでお義母様まで心配性になってしまい、休憩は欠かさず取るように厳命されていますし、取らないと怒られます。

「素敵なドレスね、やっぱり貴女に似合うわ」

おばあ様がドレスを着た私を見て、嬉しそうに微笑みました。

お義母様が「おばあ様も是非、お手伝い下さいませ、時間がないのです！」と言って下さり、おばあ様も連日、私のデビューへの準備を手伝いに来て下さっています。もちろんおじい様も一緒なのですが、今日はドレスに着替えたりするので、セドリックとヒューゴ様が別室で相手をしてくれているのです。なかなか仲良しなのですよ。

「クラウディア様の言う通り、この形のドレスにしてよかったですわ。リリアーナのスタイルの良さと可愛らしさと清楚さと全部が引き立ちますもの」

お義母様がにこにこしながら言いました。

三人で選んだドレスの形は、袖のないAラインのオーソドックスなものです。ふんわりと広がるスカート部分は、裾とウェストの切り替え部分に薔薇の刺繍入りのレースが一番上になっているので、透明感がありとても可愛くて綺麗です。

デビュタントで着るドレスは白と決められていますが、色以外は自由です。

既婚者となってからデビューする終わりの舞踏会では、結婚の挨拶も兼ねています。既にデビューを済ませている、結婚の報告のみの夫婦の場合、ドレスの色や形は自由だそうですが、どちらも共通で愛の花である薔薇を用いた何かをお揃いで身に付けるのです。

こちらは、ウィリアム様と一緒にデザインを決めて、現在は出来上がるのを待っています。

「実は、遠い昔ですけど、わたくしのデビューの際のドレスがこの形でしたの。夫が、その、似合っていたから、君に似ているリリアーナにもいいんじゃないかと……」

おばあ様が少し恥ずかしそうに頬を染めています。

私とお義母様は思わず顔を見合わせ、そして顔を輝かせて「まあ！」と声を上げました。

「まあまあ、そのお話は今度是非、聞かせて下さいませ」

「ええ、おばあ様、私も是非、聞きたいです」

おばあ様は、頬を赤くしながら「気が向いたら」と恥ずかしそうに俯きます。

きゃあきゃあと盛り上がっているとノックの音がして、ウィリアム様が顔を出しました。

目が合った瞬間、ウィリアム様が両手で顔を覆い、いつもの発作を起こしてしまいました。マリエッタさん作のドレスは、本当に素敵ですので感動していらっしゃるのでしょう。

「侯爵様、お忙しいのでしょう？」

マリエッタ様の言葉にウィリアム様が、はっと我を取り戻して私のところにやってきました。その言葉通り、ウィリアム様は騎士服のままです。

「今日、君のドレスが届くとマリエッタから聞いて、見に来たんだ。本当によく似合っている。私の語彙力では表現しきれないほど、綺麗だ」

「あ、ありがとうございます」

嬉しくて、恥ずかしくて頬を押さえて目を伏せます。今、ウィリアム様を見たら倒れそうです。

「うっ、可愛いっ」

「ウィリアム、用が済んだのなら戻りなさい。こちらは仕度に忙しいのですよ」

お義母様が呆れたように言って、ウィリアム様が「あ！」と声を漏らしました。

「そうだった。リリアーナ。当日、身に着けるアクセサリーのことなんだが、母上のものを借りるか、既製品を買うか、どちらがいい？　流石にオーダーメイドだと注文が混み合っていて間に合わないと言われてしまってな」

ウィリアム様が申しわけなさそうに眉を下げました。

ウィリアム様から頂いたサファイアのネックレスは、シンプルすぎるので、今回はもう少し豪華なネックレスにしたほうがいいとお義母様にアドバイスを頂きました。ですので、新しいネックレスやそのほか一式をと思ったのですが、忙しい時期なので難しいようです。

「……リリアーナ、貴女とウィリアム様がよければ、なのだけれど」

徐におばあ様がそう切り出して、ソファの上に置かれていたおばあ様の鞄から綺麗な装飾の宝石箱を取り出しました。

「これを貴女に、と持ってきたの」

そう言っておばあ様が蓋を開けると中には、真珠の髪飾りとイヤリング、そして、大粒のオパールと小粒のダイヤモンドが輝くプラチナのネックレスが入っていました。

「おばあ様、これは……」

「わたくしが、嫁入りの際に母から引き継ぎ、そして、カトリーヌがデビューする時に初めて身に着け、あの子が結婚する際に持っていったものよ。カトリーヌが亡くなった時に、オールウィン家から返してもらったの。これを貴女に渡したくて持ってきたのよ」

「私に、ですか？　で、でも……」

躊躇う私におばあ様は、柔らかに目を細めました。

「もちろん家そのものに伝わる宝石もあるわ。我が家にあるし、侯爵家にも、他の家にもあるでしょう。でもね、母から娘へ伝わり続けるものもあるの。これはね、宝石自体は、ずっとずっと前から伝わっていたもので、時代の流れの中でネックレスや髪飾りになって、そうやって、母から娘へ色々な家から家へ伝え続けられたものなの」

おばあ様は、エルサに「持っていてちょうだい」と宝石箱を持たせると、ネックレスを取り出します。

オパールを中心にレースのように繊細なプラチナの細工が広がり、小粒のダイヤモンドが何粒もあしらわれたネックレスが、私の首に掛けられました。

「ああ、とても似合っているよ、リリアーナ」

ウィリアム様が眩しそうに目を細めています。

私は、そっとネックレスに触れました。母もこのネックレスを身に着けてデビューしたのだと思うと、肖像画でしか知らなかった母を初めて身近に感じられた気がしました。

「いつか、貴女に娘が産まれたら、今度は貴女が娘に引き継ぐの。娘が産まれなかったら、息子のお嫁さんでもいいし、子どもができなかったらセドリックのお嫁さんでもいいわ。これはね、そうやって受け継がれていくことに意味のある宝石なのよ」

「おばあ様……っ、私、大事にいたします」

涙が出そうになるのをこらえて、おばあ様の手を取りました。おばあ様は、満足そうに頷いて下さいます。

「ウィリアム様、当日はこれを身につけて行ってもいいでしょうか？」

「もちろん。いくらお金を出してもこれ以上に価値のあるものは、私も用意できないよ」

「ありがとうございます、ウィリアム様」

「いいや……本当に綺麗だ、リリアーナ」

「ウィリアム様……」

「旦那様、お時間です」

どこからともなく現れたフレデリックさんが、ウィリアム様の肩をぽんと叩きました。ウィリアム様が「うぐっ」と悔しそうに顔をしかめて、私の頬に伸ばそうとしていた手を引っ込めます。

「……リリアーナ、では、もう一度行ってくる」

「はい、ウィリアム様。行ってらっしゃいませ」

しょぼんとしてしまったウィリアム様に、私は思わず袖を引いて、背伸びをしました。

今は高めのピンヒールを履いているので、ウィリアム様の頰になんとか唇が届きました。

「おまじないをお忘れです。どうぞご無事で戻って来て下さいませ」

「リリアーナ！　愛して、ぐえっ！」

「今は飛びつかない！　ドレスが崩れる！」

私を抱き締めようとしたウィリアム様をマリエッタ様が羽交い絞めにします。そしてそのままずるずると引きずられて行ってしまいます。

「リリアーナ！　行ってくる！　今夜もちゃんと帰って来るからな！　くそ、マリオ！　放せ！　抱き締めるくらいいいだろうが⁉」

「うるせぇ、俺が徹夜で仕上げたドレスで、まだこれから総仕上げが残ってんだ！　無数にガラスビーズを縫い付ける仕事がな！　台無しにされてたまるか！」

いつも通り賑やかにウィリアム様が去って行きます。フレデリックさんが呆れたようにため息を一つ零して「お騒がせいたしました」と一礼して、追いかけて行きました。

「……マリエッタさん、聞いていたけれど、本当に男性なのね」

おばあ様が感心したように頷いています。

マリエッタ様は、ドレスというものの性質上、女性が相手の商売なので、後々ややこしいことにならないよう男性であることは隠していないそうです。男性でもいいから任せたいというお客様からだけ、お仕事を受けているそうです。

「ウィリアム様とは親友なので、仲良しなのですよ」

「まったく、男性はいつまで経っても子どもで困るわぁ」

お義母様が零した言葉に、私とおばあ様は思わず笑ってしまうのでした。

「……リリアーナ嬢、ボール投げの才能が、ある意味で貴女にはあるのかもしれないわ。三球中、三球とも全部後ろに飛んで行くなんて」

クリスティーナ様が、呆れを通り越して、いっそ感心しています。

私は両手で顔を覆って項垂れました。

今日はお義母様に「お休みの日よ！」と言われましたので、クリスティーナ様が丁度、週末の休みで帰って来ていたこともあり、ボール投げの再戦を申し込んだのです。

結果は、惨敗です。今日も私の後ろにヒューゴ様がレンガを置いて下さいました。

「セディとヒューゴ様に先生を頼んで練習したのですが、どうしても前に飛んでいかないのです」

「……大丈夫ですわ、侯爵夫人がボールを投げる場面なんて、多分、生涯来ませんもの」

クリスティーナ様の優しさが心に沁みます。

デビューに向けての準備の中、息抜きも兼ねて練習していたのですが、ちっとも前に飛んでいかないのです。あのあまりはっきりと笑わないおじい様でさえ、私の投球を見て、笑いすぎてむせていました。

その後、ポーチからテラスへ移動して、お茶の時間を楽しむことになりました。

大きなパラソルの下で、エルサたちが準備をしてくれたお茶を楽しみます。

「……リリアーナ嬢」

「はい。あ、もしかして次の勝負ですか？」

「いいえ、違います。勝負はもう終わりにいたします」

そう言ってクリスティーナ様が立ち上がりました。

「リリアーナ嬢、これまでの無礼の数々、心からお詫び申し上げます」

「ク、クリスティーナ様？」

突然、深々と頭を下げたクリスティーナ様に私はカップを落としそうになりました。すかさずエルサがフォローしてくれます。

「あのマーガレットの話を真に受けて、私は貴方を悪女と決めつけておりましたわ」

「それは……」

「マーガレットは、私にこう言ったんですの。『私の妹をどうぞよろしくね。病弱だから我が儘がひどくって……私にとってはそれも可愛いのだけれど、甘やかしすぎたかしら。行きすぎて侯爵様に愛想をつかされないか心配だわ』と。私は、ならどうして、姉としてその我が儘を諫めないのかと尋ねたら、あの女は『だって可哀想な子だもの。部屋から一歩も出られず、ずーっとベッドの上、可哀想じゃない』と……だから、私は不仲説が流れても離縁しないのは、貴女が病弱で可哀想だから、むしろ、結婚したのも可哀想だから、とそう思ったの」

　クリスティーナ様は、そこで言葉を切って、唇を噛むのが見えました。

「でも、蓋を開けてみれば、貴女は真面目で、優しくて……お兄様を侯爵でも英雄でもなく、ただのウィリアムとして愛して下さっている。そして、大切な人のために強くなれる。勝負もボール投げ以外、貴女の勝ちでした。本当は最初からマーガレットの話を鵜呑みにしていた時点で、私の負けでした」

　顔を上げたクリスティーナ様の緑の瞳は、やっぱりどこまでも真っ直ぐで、その誠実さも含めてウィリアム様にそっくりです。

「貴女以上に、お兄様の妻に相応しい女性はいませんわ」

「クリスティーナ様……」

「で、ですから貴女のことを、その、お義姉様と呼んでもいいかしら」

つんとそっぽを向いてしまったクリスティーナ様の手を取り、私も立ち上がります。

「嫌です！」

「そ、そうよね、意地悪をしたし……」

しゅんとしてしまったクリスティーナ様に慌てて首を横に振ります。

「ち、違います。あの、私たち同い年ですし、どうぞリリアーナと呼んで下さいませ！」

クリスティーナ様がぱちりと目を瞬かせました。

「わ、私、クリスティーナ様と姉妹にもなりたいのですが、その、お、お友だちになって下さい！」

緑の瞳がこれでもかというくらい真ん丸になってしまいました。

「……あの日、クリスティーナ様が私を叱咤して下さらなかったら、私はいつまでもおじい様とおばあ様の悲しみを見ているだけでした。本当に誰も幸せになれない結果を招いていたと思います」

ぎゅうとクリスティーナ様の手を強く握り締めます。

「でも、クリスティーナ様が私の背を押して下さったおかげで、おじい様とおばあ様と本当の意味で向き合うことができて、お二人は私の手を取って下さいました。立ち上がるのはまだ時間がかかるかもしれませんが、きっともう大丈夫なのです。ありがとうございます、クリスティーナ様」

しばし、ぽかんとしていたクリスティーナ様の顔が、だんだんと赤くなっていきます。耳だけでなく顔も真っ赤になったクリスティーナ様は、やっぱりつんとそっぽを向いてしまいましたが、私の手を握り返してくれました。

「私、お友だちを作るのが夢だったのです！」

「さ、様はいらないわ。お友だちなんですもの、クリスティーナでいいですわ」

「はい、クリスティーナ！　私のことはどうぞリリアーナとお呼び下さい」

ますます笑顔になってしまいます。

すると「んぐっ」と声を漏らしたクリスティーナ様が片手で顔を覆って天を仰ぎました。まるでウィリアム様がよく起こす発作のようです。

「旦那様とお嬢様はよく似たご兄妹でございますから、お嬢様も感受性が豊かなのです」

エルサがそっと教えてくれます。

「まあ、そうなのですね。ウィリアム様もよく発作を起こされますが、感受性が豊かなのは素敵なことです」

私の言葉にクリスティーナ様からまた「うぐぅ」と聞こえてきました。

クリスティーナ様の発作が治まった後、私は初めてお友だちとお茶を楽しむことができたのでした。

今夜は、いよいよ終わりの舞踏会、私のデビュー当日です。

お義母様とおばあ様に所作や振る舞いを指導していただき、当日は朝からエルサとアリアナが私をピカピカに磨き上げてくれました。

いつもは下ろしている髪を綺麗に結い上げて、お母様から受け継いだ髪飾り、ネックレスとイヤリングも身に着け、そして、完成したドレスを身に纏い、肘上までのレースのウエディンググローブをはめると緊張と共に一気に気が引き締まりました。

いつもは白粉をはたくだけのお化粧もエルサとアリアナが、気合を入れてほどこしてくれ、いつもよりも濃い目のピンクの口紅に胸がドキドキします。

「姉様、お姫様みたい！　すっごく、すーっごく綺麗だよ……っ」

「リリィお義姉様、とってもお綺麗です！」

エントランスへ降りるとセドリックとヒューゴ様が褒めてくれました。

「ふふっ、そうかしら？　ありがとうございます」

「リリアーナ、本当に綺麗よ」

お義母様が私の前にやってきました。

ウィリアム様とは会場で待ち合わせです。忙しいウィリアム様は、ぎりぎりまでお仕事を片付けているのです。

会場へは、お義父様とお義母様、そして、クリスティーナ様も一緒に行きます。

「奥様、本当にお綺麗でございます」

「お姫様みたいです」

エルサとアリアナの言葉が私の背中を押してくれます。

「ありがとうございます。エルサとアリアナのおかげで、安心して行けます」

そう告げると二人は「もちろんです」と声を揃えて頷いてくれました。

「さあ、行こうか。時間は待ってはくれないからね」

お義父様に促されて、私たちは皆に見送られて馬車に乗り込みます。

会場では、おじい様とおばあ様はもちろんですが、ガウェイン様も参加されると聞いているので、お会いできるのが楽しみです。

「リリアーナ」

もうすぐ王城に着く頃、お義母様が真剣な声で私を呼びます。

顔を上げれば、お義父様と並んで座るお義母様がじっと私を見つめていました。

「今日は色々と大変なことになると思うわ。過去最高の出席人数らしいの。国中の貴族が英雄の妻を知りたがっているんですもの。不仲だと思っている方々なんて、ウィリアムが貴女を見つめる顔を見たら腰を抜かすわよ。初めて公の場に出て来る貴女への注目もすごいでしょうけれど、いつもの貴女でいれば大丈夫。変に飾っても後で大変なだけだけもの。すぐに立派な侯爵夫人になれるなんて思ってはだめよ。疲れてしまうわ。貴女はこれから成長していくんですもの」

「はい、お義母様」

「それと会場ではウィリアムやわたくしたちから離れてはダメよ？」

「はい、お義母様」

「それと知らない人から食べ物や飲み物を受け取るのもダメよ。もちろん、一人で会場外に出るなんてだめ。そうそう今日はウィリアム以外とは踊らなくていいわ。あら、でも、アルフォンス殿下は別かしら？　ええっと後は……」

「お母様、リリアーナはヒューゴのような子どもじゃないんですわよ？　まあ、お気持ちは分かりますけれど、私も目を離さないように気を付けますわ」

クリスティーナがくすくすと笑いながら言いました。お義母様は「だって心配なんですもの」と唇を尖らせ、お義父様は愛おしそうにお義母様を見つめています。

「私、ウィリアム様と結婚できて本当よかったです。こんなに素敵な方々と家族になれたんですもの」

「ああ、可愛いっ。どうして今は抱き締められないのかしら！」

「落ち着きなさい、シャーロット」

ぐっと拳を握り込んだお義母様と苦笑するお義父様、そして、何故か発作を起こしているクリスティーナと共に賑やかに馬車は王城の門を潜るのでした。


今夜の舞踏会でデビューを飾る夫婦は、入場が別になるとのことで会場の警備にあたっていた近衛騎士のジュリア様に別室へと案内されました。

ジュリア様にも「本当にお綺麗です」と褒められて、嬉しいです。ジュリア様は、近衛の正装だったので、すれ違うご令嬢がうっとりしていました。

「リリアーナ様、私は廊下で待機していますので、しばし、この部屋でお待ち下さい。リリアーナ様は警備上、この個室で待機になりますが、入場は他のご夫婦と一緒です。その内、師団長が参りますので、共に会場へ」

「分かりました、ありがとうございます」

案内されたお部屋に入って、とりあえずソファに座りました。

流石は王城の一室とあって、小さいながらも豪華で品のあるお部屋です。

「ううっ、緊張してきました。ウィリアム様、早く来て下さるといいのですが……」

私と同じように今夜デビューを飾る方々もこうして緊張しているのでしょうか。クリスティーナは「そんなに緊張しませんでしたわ」と言っていましたが、私は口から心臓が出そうです。

それから暫くそわそわして待っているとノックの音が聞こえて顔を上げました。

「リリアーナ様、師団長がいらっしゃいました」

「お待たせ、リリアーナ」

聞きなれた声に振り返れば、ウィリアム様がようやく来て下さいました。

騎士団の正装に身を包んだウィリアム様は、普段は下ろしている前髪を上げて髪を整えていていつもと違った雰囲気が、とても格好良くてドキドキします。

「リリアーナ、綺麗だよ。まるで本当に月から降りてきた女神様のようだ」

「ウィ、ウィリアム様も素敵です……っ」

こんなに素敵な方が旦那様だなんて、私は本当に幸せ者です。

「私の愛しいリィナ、緊張しているかい？」

ウィリアム様が私の顔を覗き込んで首を傾げます。

「はい……やっぱり、大勢の方がいらっしゃいますし、王城ですし。でも……お義母様やおばあ様が教えて下さった、たくさんの知識や努力した時間が私を支えてくれています」

「そうだよ。胸を張って前を見ていればいい。君は私の愛する妻で、誇り高きスプリングフィールド侯爵夫人だ」

「はい。ふふっ、やっぱりウィリアム様が一番の支えです」

「ならばもっと強固な支えを」

そう言ってウィリアム様が私の左手を取ると、薬指に銀色の指輪が嵌められました。

「間に合ったのですね！」

「ああ。冷や冷やしたが職人たちが頑張ってくれた。私にも嵌めてくれ」

私のものより大きな指輪が渡されて、少しもたつきながらウィリアム様の指にそれを嵌めます。

白金に薔薇が彫られた結婚指輪は、二人でデザインを考え、職人さんに依頼したものです。絶対に間に合わせますと言って下さった言葉を信じて待っていたのですが、無事に薬指に飾られたそれにほっとします。

「綺麗です」

左手を掲げると部屋の明かりを反射してきらきらと輝いています。

「ありがとうございます、ウィリアム様。きっともう怖いものなんてないです」

私が笑うとウィリアム様は「うっ、かわいい」と発作を起こして天を仰ぎました。それと同時に「入場です」とジュリア様から声が掛かりました。

「まあ、ウィリアム様、どうにか治めて下さいませ」

いつもなら自然に治るのを待ちますが、今日はそういうわけにはいきません。ウィリアアム様は、二、三度深呼吸を繰り返して顔を上げました。乱れた髪を慌てて直します。

「ありがとう、リリアーナ。……さあ、行こうか」

「はい、ウィリアム様」

ウィリアム様が差し出して下さった腕に手を添えて、私たちは控室を後にしたのでした。

会場の前には、たくさんのご夫婦が待機していました。既に入場は始まっているようで、名前が呼ばれる度に一組、また一組と入場していきます。

私たちに気付いた方々が一様に息を呑んで、何やらひそひそと話す声が徐々に広がっていきます。

なんとなく目を向けると一瞬だけ目が合ってすぐに逸らされます。

やっぱりひきこもり令嬢だった私は物珍しいのでしょう。ですが、どうして目を合わせていただけないのでしょう。首を傾げるとウィリアム様が「君の美しさに驚いているんじゃないか」と耳元で囁いてきました。

「まあ、ウィリアム様ったら……」

ひそひそと内緒をするように言葉を交わし合います。

冗談で和ませてくれるウィリアム様は本当にお優しいです。少し心細くなって更に体を寄せると、ウィリアム様は優しく微笑んで私の頬を指の背でそっと撫でてくれました。

「君が化粧さえしていなかったら、キスをしたいところだったんだが」

「もう、ウィリアム様！」

思わず声が少し大きくなってしまいました。ウィリアム様はくすくすと笑いながら「緊張が解れただろう？」と悪びれもなく言いました。

なんだか今度は周りのご夫婦が信じられないものを見たかのような顔をしていて、入場の合図を聞き逃してしまったご夫婦が係の方に呼ばれて慌てて入場していきます。

この時、この場にいた方々が「あの女嫌いのウィリアム殿が、溶けそうなほど甘い笑顔で奥さんとイチャイチャしてる」と驚愕していたと知ったのは、後日のことでした。

そして、それから暫くしてたくさんいたご夫婦も全て入場を終え、私たちが最後になりました。家格の低い順から入場していくのだそうで、公爵家に該当者がいない今年は、私たちが最後になります。

「スプリングフィールド侯爵、ウィリアム・イグネイシャス・ド・ルーサーフォード様、スプリングフィールド侯爵夫人、リリアーナ・カトリーヌ・ドゥ・オールウィン＝ルーサーフォード様、ご入場！」

高らかに響き渡る声と共に一歩を踏み出せば、眩い光が目に飛び込んできました。

無数の目が一斉にこちらに向けられたのが分かって息を呑みます。思わず手に力がこもるとウィリアム様が「大丈夫だよ」と声を掛けて下さり、ゆっくりと歩き出します。

豪奢なシャンデリアがいくつも天井からぶら下がり、女性の色鮮やかなドレスが華やかで、男性の落ち着いた色合いの正装が会場のバランスを整えています。

真っ直ぐに伸びる深紅の絨毯のその先には、国王陛下夫妻が玉座に座っています。お二人の少し前で私たちは足を止めました。

「さあ、前へ」

国王陛下のお言葉に私とウィリアム様は一歩前へ出ます。演奏が止まり、会場が静寂に包まれました。無数の息遣いが背後に聞こえます。

国王陛下は、優しそうな顔立ちの方で、アルフォンス様は王妃殿下に似ているのだと気付きました。

「久しいな、スプリングフィールド侯爵。して、こちらが話題の奥方か」

「はい。妻のリリアーナでございます。リリアーナ、ご挨拶を」

予習していた通りのやり取りが交わされ、私は淑女の礼を取ります。

「リリアーナ・カトリーヌ・ドゥ・オールウィン＝ルーサーフォードと申します」

「ふむ。エヴァレット元子爵夫人によく似ておるな。今夜は、ゆるりと過ごされよ」

「ありがたきお言葉にございます」

ウィリアム様も頭を下げて、もう一度、二人揃って礼をして、予習していた通りその場を離れようとしたのですが「待て待て」と陛下から声を掛けられ、踵を返そうとしていた足を止めます。

「英雄であるそなたは我が国の宝。故に多くの者が心配するあまり、侯爵夫妻の夫婦仲を心配する声がそこかしこで上がっていると遂には余の耳にも入ってな」

そう言って陛下は、周りを見回しました。つられるように私たちもその視線の先を追うと会場中の視線がこちらに向けられていました。

「アルフォンスからは、二人が非常に仲睦まじい素晴らしい夫婦だと聞いている。これで皆も気兼ねなく祝い、安心できることであろう」

そこで言葉を切ると立ち上がった国王陛下が王妃殿下の手を取り、玉座から降りて来て私たちの前に立ちました。

「我が息子ながら、そなたらに素晴らしい縁を繋いだようだ。このように幸せそうな侯爵の姿には、流石の余も驚いた。おめでとう、ウィリアム」

「この国を守って下さった貴方には、心から幸せになってほしいと思っているのよ。リリアーナ夫人、我が国の英雄をよろしくね」

「は、はい」

緊張で舌がもつれてしまいましたが、王妃殿下は柔らかに笑って下さいました。

「さあ、スプリングフィールド侯爵、会場の皆に挨拶を」

　国王陛下がくすくすと笑いながらウィリアム様を促しました。私とウィリアム様は、今度は会場のほうへ体を向けます。

「まずは、国王陛下、王妃殿下、我々のためにお時間を頂き、心よりお礼申し上げます。この場を借りて、妻を紹介いたします。私の世界で一番愛しい妻のリリアーナです」

　なんとか私は羞恥と緊張に耐えて、淑女の礼をとり、挨拶をすることに成功しました。

「妻は体が弱く、私も多忙でなかなか夫婦の時間が取れずにおりましたが、それでも私たちは夫婦として徐々に仲を深め、今では王国でも一、二を争う、仲の好い夫婦だと自負しております。……最近、ようやく医師の許可が出て、本日、妻はデビューを飾ることができました。彼女の体を第一に考え、夫婦として社交界を歩んでいこうと思っております。どうぞ、皆様、お力添え頂きますよう、お願い申し上げます」

　ウィリアム様が頭を下げ、私も頭を下げます。

「我らクレアシオン王国の恩人、同時に私の心の友がようやく得ることのできた幸せだ。皆、祝ってくれるか？　そうであれば、今日、改めて歩き出す二人に祝福の拍手を！」

　アルフォンス様の言葉にぱちぱちと拍手が起こり、だんだんとそれは大きな波のように広がり、割れんばかりの拍手が会場を包み込みました。

　私は、その中におじい様とおばあ様の姿を見つけ、二人が拍手をして下さっていることに気が付いて、胸がいっぱいになりました。

「では、社交期最後を締め括る終わりの舞踏会、開始を宣言する！」

国王陛下の宣言と同時に再び楽団が音楽を奏で始め、会場は一気に賑やかになります。

まず、国王陛下ご夫妻、アルフォンス王太子殿下と妹のアリア王女殿下、マリウス第二王子殿下とその婚約者のご令嬢がホールの中心へ出てダンスを披露し、二曲目に私たちデビューを飾った夫人とその夫が踊りだします。

私はウィリアム様と共に、ホールへと歩き出します。

ウィリアム様と手を重ね、腕に手を添えます。力強い手が私の腰に回されます。白いドレスを身に纏った若い女性たちが夫と共に同じようにホールへ出て、構えます。

指揮者の合図で奏でられたのは、私が唯一ステップを覚えることに成功した穏やかなワルツでした。きっと、ウィリアム様が取り計らって下さったのでしょう。

「ウィリアム様、ありがとうございます」

「何がだい？」

そう言って微笑んでウィリアム様に私は首を横に振って身を寄せます。

「貴方と踊れることに対する感謝です」

「うっ、可愛い……私も君と踊れて、本当に嬉しいよ。こんなに楽しいダンスは初めてだ」

ウィリアム様のリードはお上手で、ダンスが苦手な私も楽しく踊ることができます。

ですが、やっぱり曲の後半になってくると息があがってきてしまいました。体力のなさが憎いです。

「リリアーナ」

「は、はい」

「病める時も健やかなる時も、私たちは苦難を共にする夫婦だ」

そう言ってウィリアム様が笑ったかと思うと、ひょいと片腕で抱えあげられてしまいました。ヒールの爪先が床から離れて、目を丸くします。会場にもざわめきが広がります。

「ウィ、ウィリアム様、怒られます……っ」

「何か不得手なことがあれば、こうして助け合えばいい」

慌てる私を他所にウィリアム様は、悪戯が成功した子どものように笑って、私を抱えたまま完璧なステップを踏みます。

「侯爵夫人として見る世界はどうだい？」

その言葉に辺りをさりげなく見回しました。

生暖かい目がほとんどですが、不機嫌そうな目も、不愉快そうな目もあります。それと同時に心から祝福をして下さっているような、優しい眼差しも。

「色々な方がおります」

「怖いか？」

「いえ、両親と姉様に比べれば、何も」

私の言葉にウィリアム様がくすくすと笑って肩を竦めました。

「どの世界にも色々な人がいる。でも、いつでも君の隣に、心に私がいることだけは忘れないでくれ」

「はい。ウィリアム様も、私の心がいつも貴方の傍にあることを忘れないで下さいませ」

「ああ。私は二度と忘れないよ。これが終わったら、挨拶の嵐だ。具合が悪くなったら、我慢せず必ず言うように。分かったね、私の侯爵夫人」

「はい、分かりました。私の侯爵様」

私がその額にそっとキスを落とすと、ウィリアム様はやっぱり子どものように笑って、楽しそうにステップを踏みます。

ふと、私たち夫婦以外もぽつぽつと旦那様が奥様を抱えて踊っている方々がいるのに気付きました。ウィリアム様も気付いて「騎士団の者たちだ」と笑いました。

「リリアーナ、社交期が終わって落ち着いたら、新婚旅行にでも行こうか」

「新婚旅行ですか？」

「ああ。私たちはまだ新婚だからね。どこに行きたいか考えておいてくれ。もちろん、セディと、そうだなヒューゴも連れて行こう。そうすれば二人きりの時間もとれる。もしかすると母上が付いて来るかもしれないが」

「ふふっ、家族旅行ですね。私、ウィリアム様のご家族が大好きなので嬉しいです」

「ありがとう、リリアーナ」

演奏が終わり、私はようやく地上に戻ります。

三曲目は、今年結婚した夫婦、四曲目からは誰でも自由に踊れるようになります。

私たちに一番に近づいてきたのは、おじい様とおばあ様でした。

「リリアーナ、とても素敵でしたよ」

おばあ様が目に涙を浮かべて私の手を取りました。

「リリアーナ」

おじい様に呼ばれて顔を上げます。

水色の瞳が、ただじっと私を見つめています。

「……リリアーナ、幸せか？」

「はい、もちろんです」

あの日と同じ問いかけに私は心からの笑顔で頷きました。

おじい様とおばあ様は、その目に涙を滲ませながらも今度は、柔らかに笑って下さいました。雨上がりの虹のかかる空を思わせる、晴れやかな笑顔に私も嬉しくて、嬉しくて涙が一粒零れてしまいました。すかさず、ウィリアム様が拭って下さいます。

「ウィリアム殿」

「はい」

　おじい様に呼ばれてウィリアム様が背筋を正します。

「今度は、リリアーナと共に我が家に来なさい。……カトリーヌの肖像画を一緒に見るといい」

「はい！　ありがとうございます！」

「……それと、あの論文。表紙に一と書いてあったということは、二もあるのだろう？　もっとこの子のエピソードを加えて提出するように」

「分かりました！」

　ウィリアム様は嬉しそうにおじい様の言葉に頷きます。論文ってなんでしょう。

「さあ、私たちだけで独占するわけにはいかない。君たちに挨拶したくて待っている者が大勢いるからね」

「頑張るのですよ、リリアーナ」

　頑張ります、と私が頷くとおじい様とおばあ様が離れていき、それを見計らったように次から次へと挨拶へと大勢の方々がやってきます。中には姿絵で覚えた方々もいて、私はなんとか勉強の成果を発揮させることに成功したと思います。

　ガウェイン様ともお話しすることはできましたが、お互いに大勢の方々に囲まれていて、ほんのちょっとのお時間しかお話しできなかったのが寂しいです。

「貴女、なかなか頑張っているわね」

一段落して、壁際のソファに座って休んでいるとクリスティーナがぶどうジュースの入ったグラスを持ってきてくれました。ウィリアム様が「もっと素直に言えばいいのに」とぼやきましたが、私とクリスティーナはこれでいいのです。

「ふう、美味しいです」

「良かったですわ」

「ありがとうございます、クリスティーナ」

「それより、私のお友だちに貴女を紹介させてちょうだい。お兄様はお好きなところに行くといいわ」

「なっ、リリアーナは私の妻だぞ、勝手に連れて行くな！」

「心が狭すぎですわよ。女性同士の交友はとても大事なんですから。それに私とリリアーナは、大親友ですもの。ねぇ、リリアーナ」

「は、はい、クリスティーナ！」

大親友。その言葉はとびきり素敵です。

「リリアーナ、こんなところにいたのね。わたくしの知り合いにも紹介させてちょうだい」

ひょっこりとお義母様が表れて私の手を取ります。お義父様が空になっていた私のグラスを給仕の方に渡して、私はお二人に挟まれ、気付くと歩き出していました。

「父上！　母上！　私の妻です！」

「お母様、私が先にお話をしていたのですよ！」

「行動を起こした者が勝つのです。さあ、行きましょう、リリアーナ」

きっぱりと言って私の手を引くお義母様は、やっぱり侯爵家で一番強いのだと確信しました。

私は、これからもお義母様のような素敵な貴婦人を目指して、侯爵夫人として恥じないよう心がけ、悔しそうに追いかけて来る愛しい旦那様のために頑張ろうと決意を新たにするのでした。

まさかこの年から、終わりの舞踏会で新婚の旦那様はダンスの後半で奥さんを抱えあげて踊ることが伝統になるなんて、この時の私たちはまだ知らないのでした。

おわり

あとがき

お久しぶりです、春志乃です。
この度は『記憶喪失の侯爵様に溺愛されています　これは偽りの幸福ですか？』四巻をお手に取って頂き、心より御礼申し上げます！
四巻は、初の書き下ろしということで、ドキドキの執筆作業でした！

ウィリアムの家族やリリアーナの祖父母といった、近しい人々の登場でとても賑やかなお話だなぁ、と書いていて思ったのですが、読者の皆様は、いかがでしょうか？

リリアーナがだんだん成長していくこの物語ですが、今回はウィリアムへの揺らがない愛情を皆様にお伝えできていればいいな、と思います。

これまでのお話の中で、ウィリアムがリリアーナに与えた愛情。リリアーナがウィリアムに与えた愛情。この愛情が、リリアーナとウィリアムに自信を与え、人として強くしてくれたように思います。

そのおかげで、ウィリアムの両親であったり、リリアーナの祖父母であったり、二人を大切に想う家族の心を救うことができたのです。

喪ってしまったものは戻らないけれど、残されていた大切なものを胸に彼らが笑顔で生きていければいいな、と思います。

とはいえ、社交界デビューをして、家族にも友人にも愛されて、だんだん人気者になっていくリリアーナに、ウィリアムが拗ねちゃいそうなのが心配ですが（笑）。

ありがたいことに、コミックスも十一月に三巻が発売いたしました。ここあ先生が描くリリアーナが日々、可愛くなっているように感じるのは、私が親馬鹿だからでしょうか？　いや、ウィリアムとエルサも同じことを言っている気がします！

さて、最後になりましたが本作を出版するにあたり、担当様や引き続きイラストを担当して下さった一花夜先生を始めとして関わっていただいた全ての皆様、こうしてお手に取って下さった皆様、ＷＥＢ掲載時から応援し続けて下さる皆様、支えてくれた家族、友人たちに心から感謝いたします。

またお会いできる日を心待ちにしております。

春志乃

■ご意見、ご感想をお寄せください。
《ファンレターの宛先》
〒102-8177 東京都千代田区富士見2-13-3
株式会社KADOKAWA ビーズログ文庫編集部
春志乃 先生・一花夜 先生

●お問い合わせ
https://www.kadokawa.co.jp/（「お問い合わせ」へお進みください）
※内容によっては、お答えできない場合があります。
※サポートは日本国内のみとさせていただきます。
※Japanese text only

記憶喪失の侯爵様に溺愛されています 4

これは偽りの幸福ですか？

春志乃

2021年12月15日 初版発行

発行者	青柳昌行
発行	株式会社 KADOKAWA 〒102-8177 東京都千代田区富士見2-13-3 （ナビダイヤル）0570-002-301
デザイン	永野友紀子
印刷所	凸版印刷株式会社
製本所	凸版印刷株式会社

ISBN978-4-04-736859-0 C0193

定価はカバーに表示してあります。

◇◇◇

記憶喪失の侯爵様に
FLOS COMICにて
コミカライズ連載中！
溺愛されています
これは偽りの幸福ですか？
リリアーナ！
コミックでも君を見ていいか
漫画 ここあ
原作／春志乃
キャラクター原案／一花 夜
ComicWalker内
フロースコミック
公式サイトはこちら